WEI YUEDU

微阅读
1+1工程

1+1 GONGCHENG 第八辑

南方无故事

赵冬

百花洲文艺出版社
BAIHUAZHOU LITERATURE AND ART PRESS

图书在版编目（CIP）数据

南方无故事／赵冬著.—南昌：百花洲文艺出版社，2014.9（2018.12重印）

（微阅读1+1工程）

ISBN 978－7－5500－1027－7

Ⅰ.①南… Ⅱ.①赵… Ⅲ.①小小说—小说集—中国—当代 Ⅳ.①I247.8

中国版本图书馆CIP数据核字（2014）第181423号

南方无故事

赵冬　著

出　版　人：姚雪雪

组稿编辑：陈永林

责任编辑：陈永林　黎紫薇

出　　　版：百花洲文艺出版社

发行单位：全国新华书店

印　　　刷：龙口市新华林文化发展有限公司

开　　　本：700mm×960mm　1/16

印　　　张：12

版　　　次：2015年3月第1版

印　　　次：2018年12月第3次印刷

字　　　数：128千字

书　　　号：ISBN 978－7－5500－1027－7

定　　　价：29.80元

赣版权登字：05－2015－34

邮购联系：0791－86895108

网址：http://www.bhzwy.com

图书若有印装错误，影响阅读，可向承印厂联系调换。

前 言

　　以"极短的篇幅包容极大的思想"，才能够以小胜大，经过读者的阅读，碰撞出思想的火花，震撼人的心灵。正因为这样，微型小说成为一种充满了幽默智慧、充满了空灵巧妙的独特文体。

　　如果说在二十一世纪的头一个十年，是互联网大大改变了我们的生活，那么在我们正在经历的第二个十年里，手机将更为巨大地改变我们的生活。如今，以智能手机为平台，正在构成一个巨大的阅读平台。一种新的阅读方式正不知不觉地走进大众的生活。一个新的名词就此产生，它便是"微阅读"。微阅读，是一种借短消息、网络和短文体生存的阅读方式。微阅读是阅读领域的快餐，口袋书、手机报、微博，都代表微阅读。等车时，习惯拿出手机看新闻；走路时，喜欢戴上耳机"听"小说；陪人逛街，看电子书打发等待的时间。如果有这些行为，那说明你已在不知不觉中成为"微阅读"的忠实执行者了。让我们对微型小说前景充满信心和期待的是，微型小说在微阅读的浪潮中担当着极为重要的"源头活水"。

肩负着繁荣中国微型小说创作、促进这一文体进一步健康发展的责任和使命，微型小说选刊杂志社推出了"微阅读 1＋1 工程"系列丛书。这套书由一百个当代中国微型小说作家的个人自选集组成，是微型小说选刊杂志社的一项以"打造文体，推出作家，奉献精品"为目的的微型小说重点工程。相信这套书的出版，对于促进微型小说文体的进一步推广和传播，对于激励微型小说作家的创作热情，对于微型小说这一文体与新媒体的进一步结合，将有着极为重要的作用和意义。

编者

2014 年 9 月

目 录

缘份 …………………………………………………… 1

教父 …………………………………………………… 3

岁月 …………………………………………………… 5

古伞 …………………………………………………… 7

妖怪 …………………………………………………… 10

人在黄昏 …………………………………………… 12

楠木匣子 …………………………………………… 14

哑子林 ……………………………………………… 17

岁月悠悠 …………………………………………… 19

依旧 ………………………………………………… 21

女贞墙 ……………………………………………… 23

画家毕方 …………………………………………… 25

温馨 ………………………………………………… 28

随风飘去飘来 ……………………………………… 30

遥远的星辰 ………………………………………… 33

雪域 ………………………………………………… 36

林子 ………………………………………………… 38

燃烧 ………………………………………………… 40

芊芊坟草 ……………………………… 42

伴儿 ………………………………… 44

细雨三月 …………………………… 46

魔方女孩 …………………………… 49

冷馨儿 ……………………………… 52

少女与幸运星 ……………………… 55

女兵天使 …………………………… 58

怀念一个叫小东西的女孩 ………… 61

香莲 ………………………………… 64

漂亮女孩陆小双 …………………… 67

街上盛开裙子花 …………………… 70

石像与小女孩 ……………………… 72

孽缘 ………………………………… 74

月亮谷 ……………………………… 76

牛娃和狗娃 ………………………… 79

日子 ………………………………… 82

换妻 ………………………………… 85

瓜洲 ………………………………… 88

离婚 ………………………………… 91

二哥家的那双男人鞋 ……………… 93

檀变 ………………………………… 96

角落 ………………………………… 98

祝你生日快乐 ……………………… 100

去看夕阳 …………………………… 103

那朵火焰很美很美 …………………… 106

层次 …………………………………… 109

斜阳 …………………………………… 112

洁白的鸽 ……………………………… 115

瓷娃娃 ………………………………… 117

六角雪花 ……………………………… 119

流果汁味儿眼泪的草地 ……………… 122

复旦园里的恋爱角 …………………… 125

莫尼卡酒吧 …………………………… 128

吻别 …………………………………… 131

南方无故事 …………………………… 134

无奈 …………………………………… 138

友情 …………………………………… 141

周末 …………………………………… 143

大兵 …………………………………… 145

交错 …………………………………… 149

多色裙子 ……………………………… 152

愚人节 ………………………………… 154

追谣 …………………………………… 156

打的 …………………………………… 158

眩惑 …………………………………… 160

化装婚礼 ……………………………… 163

怪网 …………………………………… 165

位置 …………………………………… 167

超越 …………………………………………………… 169

白婴，白婴 ……………………………………………… 172

情痴 …………………………………………………… 175

魔窟 …………………………………………………… 178

未了的情债 ……………………………………………… 180

缘　份

　　珍珍今年 25 岁了，她天生丽质，走在街上常常会被误认为是某位电影演员。经人介绍，她与兵器研究所的工程师罗泽相处了。罗泽 30 岁，军衔是少校，人长得有棱有角，是个标准的男子汉。珍珍心满意足，这么多年来终于没白挑，老天不负有心人。

　　罗泽工作忙，珍珍经常从家里给他送去一些好吃的，还时常帮他洗衣浆被，温柔体贴。大家都夸她俩是郎才女貌，天生的一对儿。

　　订婚那天，珍珍家来了不少人。小萍是珍珍的同事，她也专程来为珍珍道喜。可当小萍与罗泽见面时，两个人都愣住了。

　　"是你？"罗泽有点慌乱地问，"你，你还好么？"

　　"还好。"小萍的睫毛低垂着，"恭喜你呀！"

　　珍珍在旁边都看在眼里，待客人走后，她就急不可待地问他："你好像跟小萍很熟啊？"

　　"我……噢，我们从前认识。"

　　"不仅仅是认识这么简单吧。"珍珍试探地问。

　　"珍珍，是这样，我不瞒你，我曾经喜欢过她。"罗泽坦然地说，"那时候我们还都很年轻，不懂感情。"

　　"那就是你追求过她了？怎么会是这样呢？"珍珍有些神魂不定，喃喃自语，"为什么……"

　　"我俩没有什么，只不过是我追她，她没同意罢了。"罗泽解释道。

　　珍珍伏在桌上哭了，哭得好伤心。

　　几天后，珍珍提出跟罗泽解除了婚约。

　　"为什么？你不是在开玩笑吧"罗泽不解地问。

　　"是真的，罗泽，我不能嫁给你了，原谅我。"珍珍泪汪汪地说。

"因为小萍的事。"

"你别问，我已经决定了。"

罗泽心里很难过，但他脸上却十分镇静："那好吧，既然这样，就让我祝福你吧。"

珍珍与罗泽分手了，大家都为之惋惜。

"你疯啦？这么好的小伙子你上哪儿找去？"女友雯雯来埋怨她。

"他追求过小萍，你知道的，论形象，工作，能力……小萍哪一样能比上我？连小萍都不愿意嫁的男人，我怎么可以嫁呢？"珍珍说。

"嗨，这算什么呀？小萍没选择他，并不代表示他就配不上她啊。每个人喜欢的类型都是不一样的，审美观点也各自不同，别犯傻了，缘份来了要握紧，不然你以后后悔都找不到门。"雯雯说得语重心长。

"不，你别劝我了。我若跟他，不得让小萍笑掉牙呀……"珍珍摇头。

一年后，珍珍仍在寂寞中等待着他的白马王子，但却再也没有令她中意的白马向她奔来。罗泽的研究所里新分配来一位女大学生，长跟珍珍一样靓丽。那女孩很快就迷上了罗泽，主动出击，去叩响了罗泽爱的心扉。经过一段时间的恋爱，罗泽决定跟那女孩结婚了。

珍珍听到这个消息，心里酸酸的，不知是个啥滋味儿，她在内心仍爱着罗泽，别人又给她介绍了许多小伙子，她看了都不顺眼，因为有罗泽在作祟，罗泽俨然成了她爱情旅途的一座无形的高墙。

她又找到小萍，问起那件事。小萍潸然泪下，对她说："我们曾经是中学同学，那时候我俩同桌，很要好。高中毕业时，有一天他约我出来，想让我做他的女友。由于羞涩，我没答应，另外那时我们还小，也不太懂得感情，我觉得不应该处对象。后来，他考上了军校，我们就没再见过面。渐渐地，我懂得了，他那一份感情有多么珍贵……可一切都太迟了，我恨自己，没有握住这个缘份，真后悔呀……"

珍珍差一点晕倒。她忽然体会到了后悔无门的感觉。

载于《芳草》，《小小说选刊》转载

教 父

我是在北方那座俄罗斯式的城市里长大的。

那时候，教堂顶的白雪，尖楼上的钟响，紧裹黑衣的修女……无不诱惑着我对神秘殿堂产生不着边际的遐想。

外公是天主教徒，对耶稣十分虔诚。他不仅自己信教，每周还要领儿孙们去教堂礼拜和做弥撒。他与教堂的老神父交情甚密，神父待人谦恭、和善，小孩们都喜欢围着他蹦呀跳呀，或听他讲圣经故事。

神父是外公的挚友，也是两个舅舅的教父。闲暇时常来家里与外公聊天，对饮，一瓶酒，四碟菜，多至深夜。谈得投机便与外公同榻而眠，情同手足。两个舅舅才十八、九岁，对教父更是顶礼膜拜，言听计从。

外公的兴趣很广泛，爬山、钓鱼、打猎、打拳、下棋、舞文弄墨……没有他不好的。有一次去雪山打猎，一熬就是半个月，结果还真打死一头黑熊，一个人把熊用爬犁拉了回来。他在人前最得意炫耀的是那件火狐狸蹄皮大衣，据说是件宝物。外公说穿上它就是在雪地里睡上三天三夜也冻不死。这件大衣是用好几百只红狐狸蹄皮缝制的，我猜，皮大衣一定是很值钱的。

秋去冬来，北方的大地又覆盖了一层白皑皑的冰雪。天气冷得能冻掉行人的下巴颏，松花江被冰雪封了顶。外公是个不甘寂寞的老人，他不听家人劝阻，拿着渔具到江面上戳出一个冰窟窿，下网捞起鱼来。从清晨到黄昏，家人见这么久未归，便派人寻找。江面的冰上摆着鱼具，却不见了老人。

全家人慌慌张张地奔到江边，望着冰窟窿里蒸腾出的寒气哭号不停。人们都说，一定是老头子捞鱼不慎跌进冰窟窿里了。

由于未捞到尸首，外公的丧事也只好草草举行。尽管这样，还是赶

来了许多人，都是他各界的朋友，人们大都受过外公的恩惠，希望能为老人做点什么……忙前忙后，里外张罗得最欢的要属老神父了。分家的时候，他把我大舅拉到一旁，对他说："告诉你，我昨晚做了个梦，梦见你爹在那边呢……"他用手指了指天空，"他蹲在雪地里，一丝也不挂呀！我看见他身体直打颤，好可怜呢！"

第二天，教父伏在二舅耳朵上，神秘地说："孩啊，昨夜你爹又托梦给我，他说那边天冷，他快被冻死了……"

两个舅舅像两只傻鹅，呆呆地望着教父，不知如何是好。

翌日，教父又来到我家，告诉舅舅说外公梦中委托他把那件狐皮大衣给捎过去。

舅舅不敢怠慢，急忙取来大衣，让教父拿走了。

做礼拜的时候，教父满脸慈祥地拍了拍大舅的肩，眨着眼睛说："你爹接到大衣穿上了，还夸你是个大孝子呢……"几句话说得大舅轻飘飘的。

可是，没过几天，外公突然活着回来了。四邻震惊不小，家人欢天喜地。

原来，那日外公在江面网鱼，几网下去，不见半个鱼星，来了脾气。旁边正好有位老渔翁经过，便赌气扔下渔具，随老渔翁到江下游用大网捞鱼去了……

从此，教父再也没到家里来过。外公到教堂几次，教父均以病相避。一连好几年，外公怕教父难为情，也就换了一个教堂做礼拜。

记得外公临终前，还念念不忘这件事。他躺在床上，用微弱的声音对大家说："……唉，真没想到，一件破大衣，竟伤了一位……老朋友。罪过呀！……"

载于《百花园》，《小小说选刊》、《微型小说选刊》转载

岁 月

　　他对记忆力算彻底服气了，25 岁以前，他记忆力格外地好，看见什么能记住什么。一篇课文只要看上两遍，基本上就可以默写出来。也就是凭着这好记性，他轻而易举地考上了一所名牌大学。考上大学以后，他就不再用功了，整个精力都花在社会交际、旅游和许多好玩的地方上了。到了恋爱的年龄，他开始想女人了，白天也想，夜里就更想，想得缠绵，想得憔悴。他长得不算英俊，可也不丑陋，自然条件不算得意，也不算泄气。当时正好上演《刘三姐》这部电影，他就心里想自己得想办法讨一个像刘三姐这样漂亮的老婆。班里女同学没一个好看，不是臃肿如土豆，就是短粗似水缸。别的系里倒是有好姑娘，可惜他又没有手段去勾引结识。爱她的女孩，他不爱人家；他喜欢上的姑娘，人家又不喜欢他。

　　于是，他陷入了痛苦的泥潭，随之就经常失眠遗精，白天精神也萎靡，记忆力明显地减退了。

　　快毕业的时候，有个朋友给他介绍了一个女孩，是临校医学院的女学生，土家族，24 岁，老家在湖南。见面那天，他仿佛泡在梦里没醒过来似的无精打采。这种让人牵着鼻子给介绍对象的方式，他重复了不少于 20 次了，没有一次令他满意的。他希望自己能有一次一见钟情式的爱情，或在车上或在街上或在林子里，反正得带点浪漫的色彩和刺激的气氛才够味儿。那女孩子来了，看来一定是细细地经过了一番打扮后才露面的，不过这种刻意地打扮并没有引起他的好感，反而令他感到厌烦，太俗。女孩平常地像一只猫，温柔、沉默、拘谨。对于这种缺乏热情的女孩子他没有一点兴趣，而后便是告辞，便是很得体的谢绝，一切又恢复了原状。

时间好快，面孔随岁月老去。10 年过去了，他已经 35 岁了，仍然没有遇到一位热情、浪漫的姑娘。那位朋友又给他介绍了一个女人，是市中心医院五官科的主治医师。见面后，他发现这女医师很有特点，虽不算漂亮，但却很有风韵，性感十足。身体不胖不瘦，举手投足都洋溢着一种贵夫人的气质。他与女医师谈了许久许久，真有点相见恨晚了。女人很健谈，又仪表端庄，他一下子就被她征服了。

很快，他俩结了婚，小日子过得恩恩爱爱，有滋有味儿的。有一天，他与老婆甜蜜完了之后，深有感触地说："我这一辈子苦苦地寻觅，对象挑了一火车，终于没白挑，选到了你这样的一个好夫人。"

女人颇为感慨："是呀，我知道你会回头的，所以我从那次起再就没有看过第二男人，就等你来着。"

他大吃一惊，偷偷翻出户口簿，仔细查看，见妻子一栏上写着："林秀芝，女，34 岁，土家族，籍贯湖南，毕业于医学院。他努力地回忆着十年前那个土家族女孩的模样，可无论如何也想不起来了。他暗自祷告，但愿自己的老婆不是当年那个像猫一样平常的女孩。

载于《青年作家》，《小小说选刊》转载

古　伞

薄雾蒙蒙，淫雨凉冰冰地吻在他的身上、脸上，真讨人嫌。

哎哟！糟糕。他几乎跳起来顿足捶胸。想起来了，那把古伞竟在上周六丢在马所长家里了。

大千世界，芸芸众生。"世界上找不出两片相同的叶子！"人们的嗜好更相差迥异。有的爱骑马；有的爱莳花草；有的喜欢收集小物品；有的嗜好烟酒茶……他却喜欢伞。

六、七十年代，一幅"毛主席去安源"的油画，在他家的白墙上，伴他度过了二十多个春秋。为啥？因为那画中有一把伞……

他是一位中年科技人员，上个月刚从国外考察归来。在国外期间，他节衣缩食，可省下的钱并没有像那些人狂购彩电、录像机、冰箱、钢琴……等高档商品，而买了许多有关专业的杂志和资料。最后，他在一家古玩店里，发现了这把古伞，便倾囊买了下来。

这是18世纪的英国货，古色古香的伞柄，镶嵌着一只呼之欲出的翡翠鸟，打开伞，用手一转，小鸟会发出很美妙的叫声。栩栩如生，惟妙惟肖。据说，这把伞曾经是伊丽莎白家族先人的爱物……

古伞虽称不上是稀世珍品，但拿在手里的确令人玩味咂舌、爱不释手。自打有了这伞，他仿佛生活中有了依托，对外也有了可炫耀的话题。侄女用漂亮的自动阳伞来换，他不应；研究生伊城用新买的大地牌风衣相求，他更是连连摇头。就连自己的小儿子想用它也是没门。每当那个小淘气儿从伞边经过，他总要不放心地放下手里的图纸，敏感地盯上一会儿，确认儿子确实对伞没有非分的"企图"了，才肯继续埋头工作……

科研所要分房子了，新楼无论所处的地理位置和环境，还是从房间结构设计、布局都是无可挑剔的。盼了多少年的新居，终于有了希望。他权衡再三，把自己正确地评估了一番，觉得自己站在中游，换句话说就是可上可下。如果想上，那必须得给主管大权的所长马大胖子抹油不可。否则，也就只好"望楼兴叹"啦！

无奈，他只好从菜金里挤出五百块钱，买了"薄礼"，硬着头皮敲开了马所长家的大门。

那天正值天阴，秋雨霏霏，时疾时缓时停。偏巧，马大胖子不在家，是马夫人满面春风地接待了他。这个女人并非等闲之辈。打听打听，这么大的科研所里有谁能左右马大胖子？唉，她就能。到了夜晚，她能把枕边风刮得尘土飞扬，马大胖子哪敢不俯首帖耳……

他心不在焉地听着马夫人无聊地打着哈哈……

"笃，笃笃。"马夫人接进来了一位不速之客，他赶紧退了出来。退到走廊，便把"礼"亲手交给了马夫人。

这时，雨停了。他感到很舒畅。因为他得到了所长夫人的拍胸许诺——"那房子的事，包在我身上。"

于是，他浑身轻了许多，张开嘴，尽情地呼吸着被雨滤过的空气。

……

可现在，伞丢到了马大胖子家里，有心再登门索回，可为了把伞，丢了房子，孰轻孰重？他懊丧地在雨中踽踽地踟蹰着，徘徊着……

雨停了？抬头……噢！一把伞撑在他头顶，他怔住了。

"是老李呀！下雨了，你怎么不拿伞呢？"说话的人正是马所长，他支撑着硕大的身体，很吃力地挪了过来。

"是您呐，马所长。我……我随便走走，没事的。"他急忙强挤出笑应酬。这笑，充满了牵强。

"老李，你是咱所的栋梁，也是咱国家科学技术界的根基，可要好好保护自己的身体呀！身体是革命的本钱嘛，让雨这样浇，是会生病的。"

他听了所长的话，一股热流通遍了全身，以致完全忘了那件不愉快的事……

他们谈着、走着，不知不觉已经来到了马家的大门口。

马所长把手里的伞让给了他，说道："快回去换换衣服吧，你先用我

的伞。"说完，轻轻推他走。又伏在他耳朵上，神秘地说："这把伞是一位朋友从国外给我带回来的，还是个古董呢！"

他的心一惊，仔细瞧这把伞，正是自己的那把。他把古伞一转，一串串水帘飞溅出去，小鸟叫了，没错。他心里又涌起了一股潮流，这回是寒潮，冷得他颤栗着，身体直打哆嗦。

第二天，天气晴朗，他去还伞，满心不乐意。心想匿下这伞不还，可一转念，万万不能做这样事。这样做，人们会把自己看成什么人呢？

载于《山花》，《小小说选刊》转载

妖 怪

松花江中游米稻区上的一个小镇，镇上千余户万余人。家家生活富裕，不愁吃穿。都说这里风水好，长出来的稻米格外甜香。镇民有一半家里有稻田，因为离船厂很近，另一半人靠种新鲜蔬菜供应市民需求为生。

廖忆兰今年四十多岁，年轻时她是全镇有名的"廖大胆"，人长得高大，说话干脆，办事从不拖泥带水。因此，她被选为全镇的妇女主任，吃千家饭，办千家事。她二十二岁那年，嫁给了一个叫朱有福的青年。朱有福人老实，心眼好，长这么大以来从未跟别人红过脸，小两口恩爱似漆，感情相当好。

文革的时候，镇上闹得天翻地覆。廖忆兰年轻、出身好，精力十足，是革委会主任的左膀右臂，经常率领革命妇女走街头串巷尾、批牛鬼斗蛇神、除四旧树新风，红极一时。为此，她受到了上级领导的多次奖励，同时，也传出她的许多风言风语。

流言蜚语传进了朱有福的耳朵里，他只是微微一笑，并无任何反应。有好心人告诉他，再让老婆这样胡闹，民愤越来越大不说，他也将给人戴上一顶绿帽子。朱有福咧嘴笑笑，扭头走了，他虽不愿意强迫妻子做什么，但这人的话也令他心神不定。廖忆兰有时工作忙到很晚，常常夜里才回家。起初领导见天晚了就派人送她回家，后来她嫌麻烦，就一个人往家走。她胆子大得出奇，走夜路从不心跳。

一天半夜，外面静得有些怕人，往日回家总能听见远远近近的狗叫声，这晚却没有。她一个人往家走，第一次感到有点恐怖。忽然，从前边小树林里蹿出一条黑影，拦住了她的路。那黑影一脸妖怪相，面目狰狞，阴森可怕。

妖怪并不近身，远远地站在那里："想死想活？"

"想活。"她有点颤抖。

"想活就别再害人，好好回家过日子，否则就毁了你的全家。"妖怪的嗓音很扁，很特别，口气十分强硬。

廖忆兰从此辞掉了妇女主任的工作，回家一心一意地伺候丈夫和孩子。镇上人都觉得奇怪，没听说有人说变就变的。她不当干部了，人缘渐渐地好了许多，她与丈夫的感情相濡以沫。

二十年的时光在平平静静、清清淡淡的生活中度过，孩子们都长大了，她活得很轻松，很惬意。丈夫依然对她恩爱如初，从不对她发号施令，也不干涉她的行动。

麻将热在小镇上风行，廖忆兰闲着没事，晚上就去别人家打牌。这东西玩起来没头，她又经常半夜才归。打牌就得有个输赢，她总是输多赢少，有一回一夜就输了二百多。

输了钱她回家跟丈夫说了，朱有福只是笑笑，坐在炕上抽烟。

忽一日，廖忆兰半夜打牌归来，路上又跳出一个黑影，正是那个阔别了二十多年的妖怪。

"廖忆兰，还记得我吗？你最近表现不太好，赌博成瘾，这样下去会家败人亡的……"

没等妖怪说完，廖忆兰已经扑了上去，紧紧地搂住妖怪，哽咽着说："有福，我啥时没听过你的话呵？你不让我玩……干吗不直接告诉我呢？"

妖怪低下了头，慢慢撕下了脸上的假面具，扔到了地上。朱有福站在妻子面前，泪流满面。

很久很久，廖忆兰用手掌替丈夫擦去了泪痕："有福，别难过，你在我心目中永远也不是妖怪……"

载于《海燕中短篇小说》

人在黄昏

平湘教授收到弟弟平展近日归来的电报。足足兴奋了三天三夜。阔别四十年了，想那年展娃随军撤走时还是个毛愣愣的少年，常常偷偷跑回家说吃不饱，母亲照例偷偷拿出一个菜包让他吃，唯恐让屋里抽烟的爹听见。他爹从前是个老兵，北伐时被子弹打断了腿，从此发誓不再让子孙去吃粮当兵。

平湘教授结婚晚，老伴比他小十几岁，膝下一儿一女，儿子在外地工作，女儿秋萍在他眼皮底下读大学。家里房间不大，秋萍却里里外外收拾得一尘不染。平湘明白女儿的心思，为迎接这个从未见过面的叔叔，她把自己平素积攒的钱都买了窗帘桌布之类的装饰物，把家里打扮得像个星级宾馆。

"明儿一早，去机场雇个出租车吧！"

老伴随从毯子里拱出脑袋，轻轻推推他。

"算了吧，有那钱吃点喝点好不好？讲那排场顶什么用？"平湘微微睁了一下眼皮。

"说你不开窍吧，你总不服气。你没见人家的亲戚从那边回来，彩电、录像机、冰箱……就差没把台湾岛搬回来了。你家展娃再不懂事也不至于空手回来吧？你没钱给你弟弟雇车呀，我拿钱。"说着，女人从枕头底下摸出一张五十元的票子，按到平湘的脸上。

第二天，教授一家三口租车直驱飞机场。一架波音飞机由小变大飞到头顶，然后徐徐降落了。平湘与弟弟展娃紧紧地抱在一起。

"我们都老了。"哥俩儿反复重复着这一句话。

展娃没带回什么大件，随身带着只有一个古旧的提花小包。看他那小心翼翼的样子，那里面似乎装着什么金贵的东西。一家人欢天喜地回到家，展娃到爹和娘的遗像前恭恭敬敬地磕了头，点燃了香火。

几天来，平湘的老伴嘴上不说，心里多少有点怨艾。小叔子千里迢迢从台湾回来，怎么啥也没带回来呢？那只提花小包她曾悄悄地打开看过，里面除了四只圆溜溜的大鸡蛋，什么也没有。她百思不解，莫非展娃害怕大陆没有鸡蛋吃么？

"哥，城郊西房子那地方，有一个卖茶水的婆婆，你知道吗？"展娃问。

平湘想了半天，他想起来了，前些年领学生去郊区捕捉昆虫做标本，好像看见有一个卖茶的婆婆："记得，可是她已经很老了。"

"明天，你陪我去找她行吗？"

"你刚回来，还没休息好，过几天再说吧。"

"不行，还是明天去吧。早一天见到老人家，我这一颗心也早一点安宁。"

"什么事呀？"平湘问。

展娃重重地叹了口气。

次日，平湘陪弟弟来到城郊西房子，这里已经变成了一片苹果园，甜甜的果香牵着人的目光，见枝头红果硕硕，看守果园的小伙子们热情地扔过来几只大苹果。

找到那位卖茶的婆婆，她已经老得不会说话了。展娃跑到她面前，痛哭流涕："婆婆，我回来啦。您还能记得我么？"

老婆婆愣愣地望着他，没有一点表情。

展娃掏出随身带来的那个提花小包，倒出四只鸡蛋摆在她面前："你不记得了么？四十多年前，国军撤退的前几天，有一个饿得精瘦的小兵抢走了您的这个小包……那里还有四只鸡蛋……"

婆婆抓过那只提花小包，放在眼前仔细地看了半天，嘴巴不住地抽动着，干涸的眼里涌出了泪花。

"婆婆，我对不起你呀……"展娃扑进老婆婆的怀里，"今天，我是来还债的，这四个鸡蛋……整整折磨了我四十多年呵……"

婆婆用干瘪的手，慈爱地抚摸着展娃的面颊，嘴里抖抖地说不出一句话。

夕阳落山了，几片树叶从枝头悠悠地落下。人在黄昏，果园里成熟的果香飘出很远、很远……

载于《作家》

楠木匣子

母亲最珍爱那只楠木匣子了，红漆木，据说是从财主家分来的。匣上有锁，钥匙拴在她的怀里。母亲时常搂着匣子，两手不停地摩挲着，嘴里呢呢喃喃，眼睛柔情似水……可从没见她当着谁的面儿打开过它。

三十多年前，我还穿开裆裤，就哭闹着要打开它。儿子以为，那里一定藏着许多好吃的。于是，母亲哄着我："乖孩子呦，不哭不闹哩，匣子里有虫子，咬手疼喽。"

而今，我那穿着开裆裤的儿子，也哭着闹着缠着奶奶要打开它。孙子以为，那里一定藏着许多好玩的。于是，母亲又哄小孙孙："乖孩子呦，不哭不闹哩，匣子里有虫子，咬手疼喽。"

楠木星匣子是我家的一个谜，这个谜一直揣在一家人的心里。

夜里我静静地躺在床上。亚慧哄睡了儿子，悄悄拱过来，用头碰了碰我的脸："家良，你说咱妈那匣子里到底装的什么呀？"这句话，她问过不下二十遍了。

"应该是什么就是什么，不要惦记老人的东西。"

"德性！我惦记啦？那里就是金银宝贝，咱也不稀罕。"妻子赌气地说。

"这就对了，爸死得早，妈妈把我拉扯大不容易。她从前活得好苦。"

父亲是个军官，在西藏平乱中牺牲了。

妻不吭气儿了，她心中有数，那匣子里的东西早早晚晚得归她。

儿子渐渐长高了，母亲的病情也逐渐加重。那只楠木匣子始终放在她老人家的枕边。

母亲临终前，把我们都叫到床前，从怀里抖抖地取出钥匙，颤颤地交给我："良儿，这里全是你爸爸的……东西，我保存……半辈子了。你等给我烧周年的时候，把它寄给我……我等着……"

"妈妈，您放心，我记住了。"

母亲满意地点点头，安静地闭上了眼睛。

母亲去世后，楠木匣子仍旧放在她那床上。"什么了不起的宝贝嘛，活着爱不够，死了还要带着，真贪。"亚慧一边嘀咕，一边偷眼睨一下那匣子。

一年以后，该给母亲烧周年了，我捧出楠木匣子，当着妻和儿子的面打开了：里面原来是一摞厚厚的旧信，纸都黄了，还有几张父亲年轻时穿军装的照片，英俊威武。

亚慧泄气了："我以为里面藏了海龙王的夜明珠呢！这也值得妈如此珍贵？唉，老一辈人就是莫名其妙……"

我抽出一封信，抖开信纸，信纸旧旧的，皱皱巴巴。

淑媛贤妻：

我已平安抵达拉萨，勿念。

这里气候寒冷，条件也苦，但我和同志们都能克服。你要理解我，我是个党员，是党把我这个街头上流浪的穷孩子，培养成新中国的军官，我感激党，恨自己无法报答。党指到哪里，我就走到哪里。为了党和共和国的利益，我必须献出一切。

但是，这却苦了你……良儿尚幼，你身体又虚弱，我真担心呢！我惭愧，对于你，我不是个好丈夫；对于良儿，我不是个好父亲。每每想到这些，我心里一阵阵酸楚，同时，我也很骄傲，因为我娶了你，一位好妻子。

淑媛，等着我！我们很快就会平息这场叛乱。西藏是祖国不可分割的领土，西藏的老百姓是好的，少数坏人们想分裂祖国，绝对办不到。我们要为捍卫年轻的共和国的尊严而斗争。

依窗而立，夜不能眠。你知道我多么想念你和孩子啊！不过你我也不要太儿女情长，要以祖国的利益为重。难尽言时，心灵无尽。代我亲亲我们的小宝宝。

多多保重！

夫　伯山

二月于拉萨大昭寺

　　读罢，我的双眼湿润了，我理解了母亲如此珍爱楠木匣子的缘故了，也理解了父辈们相濡以沫的真挚情感。

　　我揩去泪水，望着妻子，妻子却大不以为然，我的心倏地掠过一阵寒意。

　　十字路口，楠木匣子里的信很快被付之一炬了。熊熊的火焰里，我恍惚中又看见了母亲那双柔情似水的眼睛……

载于《海南日报》

哑子林

哑子死的那年我才6岁，他死得很惨，尸体扔在村西口三天三夜。后来被野狗扒了，白花花的骨头见了令人心寒。村干部们不许别人管，不知是谁趁黑夜把尸骨收了，埋在荒山坡上。

听爷爷说，哑子是战乱那几年流落到村里的，当时他只有十八、九岁，白净净的，个头不高，身强力壮。他不会说话，别人讲话他也不太懂，乡亲们看他可怜就凑些砖瓦木头，给他搭起了一个草房子。从此，哑子有了家。村里人不知他姓什么叫什么，就都管他叫哑子。

哑子很老实，每天早出晚归，地里的庄稼侍弄得不坏。一有空闲，他就去山坡上种树，坡东坡北那两片林子，都是当年哑子一棵一棵种上的。

哑子30岁那年，有人给他提了门亲事，说的是五十里堡田家四女，叫桂香。姑娘人长得俊俏，只是脚有点瘸，小时候落下的病。哑子非常爱桂香，桂香人聪明，哑子心里想什么她从他眼睛里一看就知道了。乡亲四邻都喜欢哑子，不仅因为他能吃苦，肯为村里人掏力气，还因为他还心地善良，所以大家都为这婚事高兴。

娶亲那天很热闹，全村百余户人家为哑子操办。新娘子一脸娇羞，被人用花轿抬进门来，从哑子的眼里迸射出两束热灼的目光。可谁也想不到，就在结婚的第三天，新娘子却在北坡哑子种下的小树林里上吊自杀了。这里面到底为了什么，没有人知道，因为哑子不会说话。

从此，哑子的目光不再燃烧烈焰了，整天忧郁地叹息。有人听见那片小树林夜里有人在哭，以为是鬼魂，后来才发现原来是哑子在凄凉地呜咽。

哑子再未迎娶。

日子一年一年地陈旧了，哑子老了，走不动了。临终，乡亲们都聚在哑子家里，连庙里的老和尚都来了。

哑子半睁着眼躺在破旧的病榻上，木讷地望着一张张并无表情的脸，嘴巴抖动，似乎要问什么。人们惊异地瞪大了眼睛，莫非哑巴要说话吗？

哑子真的说话了，操着半方半圆的汉话对大伙说："是我害了桂香，我不是有意的，我爱她，夜里，睡梦中，我说了日本话，她听见了，就……"

"你不是哑巴？你到底是谁？"村长拧着眉毛追问。

"我，是个日本逃兵，我的名字叫松井宗泽。我欠了中国人的债，我是来还债的。现在，我不行了……"

人们惊呆了，人们愤怒了。哑子在人们仇恨的目光鞭笞下，睁着眼睛死去了。由于没有得到中国父老的原谅，哑子心头那片愧疚便深深地刻画在了他的脸上，带到了那个黑沉沉的世界里去了。

二十多年后，有一次我回乡探亲，听儿时的伙伴告诉我，不知是谁把哑子与桂香的坟搬到了一起，就在哑子种的那片林子前，还在坟上立了一块很小的石碑。那两片林子一直被大伙称为"哑子林"……

载于《百花园》

岁月悠悠

做人谁敢不服老？哪个又不怕老？大自然的规律和法则给了人们太多的无奈和忧虑。人的一生就象是一本日历，越翻越轻，越撕越薄。老邵已过而立之年，这时期对年龄的敏感程度尤为强烈，仿佛时间的风轮在头顶加速度地旋转，感情的流云也不再凝聚在一起，而是四散而去……

老邵的妻子秀芝比他大三岁，父母说过："女大三，抱金砖。"他也信也不信，愿意抱啥就抱啥吧，让老人满意就行。娶个大老婆懂得疼爱自己，这是经过验证的真理，婚后几年老邵自然得益匪浅。可岁月悠悠，女人这玩意儿老得飞快，秀芝还不到 35 岁，那脸上就有了地图般的皱纹，呈现出衰老的样子。老邵这时才感到后悔，恨自己当初为什么不找个小女人做老婆！失望也罢，遗憾也罢，烦恼也罢，如今也只好凑合过了，女儿都要上学，莫非自己还能来一次浪漫不成？他了解自己，自己绝没这个本事，那么还是老老实实地做人吧！不能送神，千万别去请神。

老邵整天眯着眼，对稔熟的生活做出温和的模样。他实在懒得多看老婆一眼，行房事的时候也一定要等到夜里，看不清她的脸，幻想是办公室里那个丰满、迷人的贞贞。贞贞是结婚不久的少妇，科里的男人都喜欢向她献媚。她整天在老邵眼睛里晃来晃去，着实把秀芝的形象抹杀了许多。

秀芝整天对着镜子发愁，她为自己这张苍凉的脸而忧愁。陌生人会以为她是老邵的老姨，难怪上街时，老邵总是在后面跟着，不肯与她并肩同行呢！她有时很嫉妒自己的女儿，生了那么一张年轻、漂亮的脸蛋。秀芝愈愁形容就愈发憔悴，头发也居然斑白起来，她感到绝望，越活越觉得没意思。

有一次，秀芝去山东出差，登泰山时，偶然邂逅一个老寿星。这老人127岁，乌发皓齿，耳不聋，眼不花；肩能挑担，足能登山，说话声音脆响如钟。秀芝跟老人谈得十分投机，老人告诉她一个返老还童的方法，那就是食蚁。望着老人那一顶黑发和两排白牙，秀芝心服口服。

回来后，她便醉心于此道，一有空闲就去郊外山坡上去掘蚂蚁宫殿。弄回来一球一球的蚂蚁，看得老邵直眼晕。洗了又晒，晒了又磨成碎末儿，每天她都拿出一些分成两份，一份给丈夫，另一份自己咀嚼。老邵嘴里同意食之，可暗地里却将这劳什子偷偷扔掉。他一口也不吃，看见妻子吃，他就感到恶心。

岁月悠悠，五年很快就过去了。人生仿佛在开玩笑，五年中老邵苍老了许多，脊背微驼，头发秃顶，一副老态。而妻子秀芝却变得好象是个大姑娘，皮肤光洁细腻，秀发乌黑柔润，精神饱满，风韵重现。

一日，她忘带了钥匙来单位找老邵，在贞贞跟前一站，顿时把贞贞比个黯然失色。别人都说她越活越年轻，越活越漂亮了。

老邵知道这是食蚁的作用，但自己还是没有勇气去吃它。任凭妻子怎么强迫、如何引诱，他还是一口不沾。

渐渐地秀芝不再分给他了，弄到蚂蚁都自己食用。俩人上街虽然还是一前一后，可这回却是秀芝不愿意与老邵同行了，有人开玩笑，说老邵好像是秀芝的大爷。

生活就这样一天一天地经过，岁月悠悠，感情悠悠。又过了几年，女儿上了高中，秀芝开始与老邵分居了，原因想必谁都清楚。再往后，她提出跟老邵离婚……

岁月悠悠，人生的日历一天一天地撕轻撕薄。总有那么一段美丽的日子在眼前弥漫，老邵只能在回忆里咀嚼，秀芝却在现实中领略……

载于《长江文艺》

依 旧

老魏头有五个女儿和一个儿子，只为要这个男娃才多生了那帮丫头片子。

女儿们长得快，长成了一个嫁一个。儿子最小，这孩子聪明，教啥会啥。老魏头心满意足了，有了儿子，自己老了不愁没有接锄头的了。一个庄稼汉子还能图个啥？他没黑天没白日地在地里干活，家境虽说不宽裕，但也没让一个孩子饿着。

儿子叫魏加伦，长到十几岁，就成了他的好帮手。砍柴拾粪自然不用提，连种地，饲养牲口也很在行。孩子的老舅是外地一个教书匠，来家看孩子时，跟老魏头说："姐夫，不能让男孩子荒着，得送他去上学。"

"真该让娃儿去念书。"老魏头翻来覆去地想，不管这娃儿能不能成器，也该让他读，奔个好前程。

"庄稼人念书顶饭吃还是顶衣穿？"老伴嘟念着。

"你懂啥？娃儿长学问有出息还不好？"他瞪起眼。

"咱家就这一个男娃，他去念书看谁帮你。"

"累不死，没他那功夫不也活过来了？"

魏加伦被送到乡里念书了，读书是要花钱的，老魏头不想从嘴里省，就拼命砍柴到集上去卖，得了钱给儿子交学费，买书本。

年复一年，老魏头的背像越拉越弯的弓，一年比一年驼。魏加伦渐渐长大了，这孩子脑筋极灵，学习并不吃力，成绩却令人咂舌。高中毕业马上就考上了北京的一所重点大学。小山沟冒出个大学生，这是本地几百年来不曾有过的奇迹，方圆百里之内轰动了，人们都夸老魏头有福气。老俩口自然乐得合不拢嘴，逢人就说："俺那娃……"

高兴归高兴，高兴之后也有愁事。魏加伦京城念大学的花费比念中学时要多出好几倍。老俩口节衣缩食，早出晚归，为了能多攒一点钱。

"娃儿念到哪儿，俺就供到哪儿！"老魏头毫不含糊地说。

魏加伦念完了大学，又念了研究生。念研究生就有了工资，他从此不再向家里要钱了。很快魏加伦取得了博士学位，分配到京城一家研究所工作。同时，他被一个大领导看中，把女儿嫁给了他。他的家极阔，清一色的现代化布置。

老魏头依旧在田里种地依旧上山砍柴，外出拾粪。有人对他说："你儿子那么有出息，您老俩口也该去儿子那里享享福了。"

他叹了口气，对那人说："城里那地方，人挨人，门贴门，咱住不惯。"

他跟老伴去儿子家住了一周，这一周差点没把老俩口憋出病来。于是，赶紧双双又赶回老家。别人说他有福不会享，他就嘿嘿地笑，这种笑极满足。

刚结婚那几年，小夫妻还时常往家里跑，来看望爹娘，后来，就只有加伦一个回来；再后来，就没有人回来了。

每次儿子回来，都给爹拎回几瓶酒，给娘扯回几尺布。西院老乐叔看在眼里，嘴角露出难言的笑容。

"老魏哥，咱庄稼人就是庄稼人，往上攀实在划不来。你用一个儿子就换几瓶酒，几尺布？你老了，不服不行呀，没个男娃在身边不能叫个家。"

老魏头觉得这话怪刺耳的，就跟老乐叔翻脸吵起来。

"俺承认你的娃有种，出门都坐小汽车，可顶什么用？人家小俩口舒舒服服地过好日子，你俩老树根子不还得刨土坷垃，拾猪粪蛋子吗？"老乐叔跟他辩驳。

老魏头呼呼地喘着粗气："不是俺娃儿忘了爹娘，他们在城里做大事，咋能总往乡下跑？你当是像你家的娃娃，三天两头地回来。"

时光悄悄流逝，日子却依然如旧。老魏头的背驼成了个锅，他依旧佝偻着支撑一副苍老的身体下地干活；依旧上山砍柴，外出拾粪。没柴烧，会冻死；没粪撒，不结粮。

城里的儿子依旧很忙，时而也写回一封家书，却只有草草的几句问候；时而还托人捎回几瓶酒和几尺布……

载于《百花园》

女贞墙

这是一个极普通的四合院，只是坐落在环境幽雅的人工湖畔，才险些没被拔地而起的高层公寓所吞没，小院除了清静并无特点，倒是这又高又厚的围墙，板着脸把小院与外面的世界隔开了。

这墙有个名儿叫女贞墙，是清朝时留下来的，据说是用孟姜女的眼泪和神女蜂的石块砌成的。女人住在这里一准儿成个贞节烈女，房东叶奶奶就靠出租这几间房子的收入来维持生活，她无儿无女，性格古怪。房子一律租给独身女人，平时也不许男人轻易出入，有人猜测她年轻时一定遭受过男人的伤害。有男朋友的姑娘，也不敢把人领进这个大院，约会就更麻烦了，或往院里扔个鞭炮，或在墙外学几声猫叫。墙外的人们讨厌叶奶奶，管这个院叫尼姑庵。墙里住的女人们倒也图个清静，多个"婆婆"管着，也就免去了不少无聊男人的纠缠。

西屋的钟离秀贞在这小院里住五、六年了，这个女人30几岁，眉目俊秀，体态羸弱。她在报社工作，平时不善言笑，也没有朋友来玩，整天就一个人上班下班，忧郁得像林黛玉。叶奶奶最喜欢钟离，如果房客都是像她这样娴静本分，她宁愿不收房费。相比之下，住叶奶奶的房子，房费也是全城最便宜的。

一条大墙不知隔断了多少正常的交往和人情；一条大墙不知诱发了多少男人对女儿国的遐想和骚动……可是，女贞墙太牢固了，外面许多人试图推倒它，结果却无可奈何。

西屋墙那边住着王家弟兄三人，两个弟弟早已成家立了业，唯有大哥王一，40多岁还没有结婚。王一是事业型的男人，过去一直埋头苦干，如今已经当上了处长，但却错过了不少机缘。

王一已经注意并爱慕钟离好几年了。虽然住得近在咫尺，却怎奈还有一墙之隔，终无法接近接触。两个弟弟明白哥哥的心思，请来一位嘴利舌尖的媒人去牵红线。谁知媒人使出了浑身解数，还是碰了钉子。善于察言观色的媒人多少也探到了一点钟离的情况。原来钟离秀贞结过婚。婚后才半年，爱人就在下班途中遇上车祸丧生。她深深地爱着自己的丈夫，发誓从此为她守节终生。

王一听后，更加爱慕，以至于茶饭不思，时常在深夜独自在女贞墙下徘徊。两个弟弟很精通爱情，没有机会接触便永远不能引起对方的共鸣。眼前的女贞墙便是最大的障碍。两人苦思冥想，得一妙计。便以在两家交界的墙下挖一口水井为由，去找叶奶奶商量扒开一段墙。叶奶奶年龄已高，平时吃够了到处提水之苦，于是当即欣然应允。

随后，王家兄弟找来一群工匠，将女贞墙扒了一个大窟窿，然后在墙下挖了一口压井，还真出水了。女贞墙又被修好了。不过有这井在其中，两个院子便畅通无阻。

井是出水了，可王一始终未见钟离来井前取水。他天天盼着望着，终于有一天忍不住问："叶奶奶，西屋的钟离，不吃这井水……"

"你们扒墙的第二天，她就搬走了。"

"搬到哪儿去了？"王一心里一惊。

叶奶奶摇头："不知道，她没说。"

王一用拳头重重地捶在自己的脑袋上，重重地叹了口气……

井又被男人们填死了，

墙又被女人们垒起来了。四合院又恢复了往日的静谧。

载于《天津文学》，《小小说选刊》转载

画家毕方

我家邻居住着一位画家，他叫毕方，三十多岁，妻子七年前去世了，无儿无女。巷子里的女人们都爱议论他，但没有人说他好，因为他性格孤僻，见人总是昂着头，不看人，不问好，不打招呼。他常年穿着一条磨得起毛的牛仔裤和一双旧回力球鞋，上面尽是斑斑的油彩，整天一个人背着画夹幽灵般神出鬼没。

七十年代初，毕方参加一次歌颂城市新面貌的画展，别人的作品清一色是美化、粉饰的，他却画了一张令人费解的抽象画，画面是一所学校的危房，学生们用三角尺顶住几乎坍塌的房架子继续上课……参赛的人谁也没想到这幅竟获得了最高奖。有人不服气，也有人指责他是在给社会主义抹黑。没过多久，就有一支施工队悄悄地来到了画面上的那所学校……

毕方自幼习画，六岁时就能把小猫给画活了，少年时曾被赞为神童，画得一手好油画。

城南翠湖边曾经有一个大教堂，俄式建筑，青砖尖顶，风格古雅、恢宏，曾为古城的象征。大多数人还清楚地记得"文革"时的那一幕惨状，由近千人组成的红色大军，仅仅在一天的时间里，就把这座大教堂夷为一片瓦砾。近几年，人们的怀旧感与日俱增，加上旅游事业的需要，领导们决定在原址，重新建造一座与旧教堂完全一样的教堂。多年来失散的青砖绿瓦重又被找了回来，还专门从苏联聘请来专家。就在中、苏设计人员为没有旧教堂技术资料而一筹莫展的时候，一位工程师偶然从毕方的画册里找到了一张画，那是毕方十岁时画的教堂，笔触细腻、逼真，连每块砖瓦都十分清晰。工程师如获至

宝，专家们正是凭画家的一幅画，使这座雄伟的建筑重返了人间。

尽管如此，街坊四邻对画家并无好感。因为他见人不爱说话；因为他曾经拒绝过几个想给他提亲的媒人；因为很多邻居都想让子女跟他学画，他一个也没收……年复一年，画家依旧穿着牛仔裤和回力鞋，背着画夹独来独往。

一次画家领回来一位仙女般苗条的姑娘，说是他的学生，进屋呆了一个小时，那姑娘才走。画家一边送，一边给她讲着什么，那样子十分亲昵。街口的妇女们直勾勾地盯着他俩，嘴巴张得老大，不久，就传出他与那姑娘的许多风流韵事。

一个独身男人自己住一间大房子，还想不让别人给编织浪漫的故事，除非你烂在家里永远不出来。于是，就经常有些无聊的闲人偷偷窥望画家的隐私。

夏夜，凉风习习。一弯月，几粒星，静静地挂着。大脚婶看完电视，又溜到画家窗下。房里亮着灯，从窗子没有挡严的窗帘缝中，看见了一幕令大婶心惊肉跳的场面：屋中央的竹椅上坐着一位全身赤裸的年轻女人，画家光着膀子，只穿了件大裤头站在女人面前喃喃地说着什么……大脚婶手脚发麻，急忙悄悄叫来了治保主任。治保主任匆匆看了一眼，便十分镇静地对大脚婶说："你先在这里守着，我马上去派出所。"

很快，治保主任就领来了两个警察，他报告说画家容留妇女卖淫。大脚婶说："还在里面呢！没人出来，刚刚才闭了灯，两人一定睡上了。"

两个警察一位埋伏在后院窗下，一位把门砸得啪啪直响，丝毫不允许屋里人有半点怠慢。他们对捉奸犯科之事有充足的经验。

画家点亮了灯，打开了门，不满地问："有什么事？干什么呀？"

警察脸上露出轻蔑的冷笑："搜查。"

"我犯什么法啦？"画家想推住门。

"少费话，你自己明白。"两个警察和治保主任闯了进去。

屋里十分凌乱，到处都是油彩、画稿和画具。床上除了一毛巾被并无女人。警察用手电照了照床下，再拉开衣柜寻找，最后在屋子角落停住，屋角分明有个什么东西被一大块毯子蒙着，俨然里面蹲着一个人。

"这是谁？说话。"治保主任得意地问。

画家迅速串上前，用身体保护住："你们不能碰她。"

"说，是谁?"

"她是……我，我妻子。"画家显得十分无奈。

"撒谎，你妻子早死了，咋又出来了个?"

"求求你们，别看她，她会不安的。"画家连连鞠躬哀求着。

"不行，随便与女人奸宿，违法了。"两位警察过来拽开他。

"别掀掉布，她没穿衣服，你们不能看呀。"画家与警察厮打起来。

毡布终于被一只无情的手给掀了下来，灯亮了，屋里的人都看呆了:见毡布裹着的是一支大画板，上面有一幅裸体画，一位端庄的少妇安静地坐在竹椅上……画得跟活人一般，正是画家故去的妻子。

载于《作家》,《小小说选刊》转载

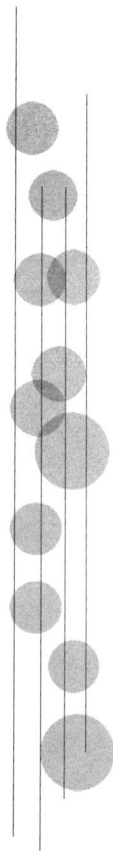

温　馨

我有逛街的习惯，休息时，喜欢在街上走一走，问问物价，听听商品信息，心里似乎踏实一些。谈恋爱那会儿，阿卉经常不离左右地陪着我。她文雅漂亮，楚楚动人。走在街上，行人经常不时地用眼睛向我俩"扫射"，我心里好不得意，尽管我知道，人家瞄的并不是我。

现在，阿卉生了孩子，腰粗了，脸也臃肿了，胖得没了人样儿。我上街再也不愿让她陪伴了，经常独来独往，像只孤独的鸟。

一日，妻心血来潮，硬拉我上街看衣料。没办法。我跟在她身后，望着妻肥硕挺拔的身躯，暗自嘀咕：当初真应该娶一位玲珑娇小的媳妇儿，起码可以省下几尺料子……

在街上，一位轻盈的姑娘与我擦肩而过，我眼前一亮，自信平生从未见到过如此漂亮的女人。禁不住几次回头，多情地顾盼，心随之怦然而动。

那姑娘走进了副食店，我的心也尾随她进去了，在里面流连忘返。

妻停下等我。我急忙装出一副漫不经心的样子来。

"我有点累，你去副食店买点饮料来。我在邮局门口等着。"妻说完，扭头走了。

我兴奋得像个孩子。快步奔进了副食店，找我的"心"去了。

晚上，我还在呆呆地回想着那姑娘迷人的容颜。妻关了电视，上床后，轻轻地枕在我的身上，温柔得使我吃惊。

"告诉我，那个姑娘很美吗？"妻的问话很平缓，和言悦色。

我像被人当众剥光了衣服，面红耳赤，无地自容。

"你不要难为情。爱美之心人人都有，这并不可耻。我想知道的是她比当年的我还美吗？"妻盯着我，目光里不容许我有任何虚伪和谎言。

我只好点点头，不情愿地点了点头。

妻的脸顿时露出尴尬之色，沉默了半天，才叹气说："我早知道，你娶我……屈了你。"

"不，你别说这些，在我眼里，你永远是最漂亮的女人。"我在安慰妻子。

"别傻了。"妻温存地抚摸着我的手掌，"人没有十全美的，我以前是漂亮人儿，如果仅仅因为这而使你骄傲的话，那么现在你什么也没有了。结婚后，那个温柔漂亮的阿卉没有了，伴随你的是一个平平庸庸，说话刻薄且脾气很坏的妻子……你也怪可怜的……"

我有点伤感，把脸贴在妻的肩头，默默无语。

"那个姑娘的确很美，连我也想多看几眼呢！"

"哦，所以你就让我去买……你不怕她把你老公给勾跑了啊？"

"你不是那种人。假如你是，我就是再有本事，也管不住你呀！你爱新爱美，这可以理解，我真的很高兴，男人最伟大的品质，应该是喜新而不厌旧！"

夜，深了。小床里的女儿鼓着红扑扑的脸蛋熟睡了，洋娃娃坐在她身边微笑不止。人能得到爱是一种欣慰，能得到理解才一种幸福。

我紧紧地搂住妻子，深情地对她说："世界上你才是最美丽、最可爱的女人呢！"

这句话是我真真切切的肺腑之言，不含半点水分。信不信由你……

载于《芒种》，《小小说选刊》转载

随风飘去飘来

男人是风，随缘飘去飘来；女人是梦，随风飘去飘来。

第一次参加改稿会那年我还是个中学生，刚刚褪祛掉了天真的和幼稚，在人们眼里是个可爱的大男孩。与《文学青年》杂志的黄汉编辑神交了两年，稀稀拉拉地通了十多封信，也稀稀拉拉地收到过十多次退稿。黄汉编辑处理稿件特别认真，从不敷衍，每次都耐心地指出我的作品中的毛病，并提出一系列修改意见。我猜他一定是个资深的老编辑。

改稿会在北方的一家大林场召开，我家住在北方，所以没坐多长时间的火车就到了。来接站的人不少，大多都是杂志社的编辑和林场的工作人员，张张面孔对我来说都是陌生的，我谁也不认识。

在来来往往的人群中，一位脸色苍白、身体柔弱的女人引起了我的注意，她 30 岁左右，瓜子脸，很有魅力，只是忧郁地近乎憔悴。她高兴的时候一定非常动人，我这样想，我对她十分留意。

"她也是个作者么？"我问江苏的作家老杨。

"不像，兴许是工作人员吧。"老杨说。

"真是个有魅力的女人，老杨你咋不追她？如果我像你这岁数，一定设法讨她做老婆。"我在逗老杨。

开了几天会，黄汉编辑却未出现。我就跟一位副总编打听："请问，黄汉编辑来没来？"

"来了。"

"您能告诉我哪位是吗？"

"你看，那个穿黑绒衣的就是。"

顺着手指的方向，我看见一个穿黑绒线衣裙的女人正向我这儿走来，我揉揉眼睛，不会看错了吧。

"这些日子她心情不好，半年前她爱人病逝了。"副总编小声地告诉我。

她走到我身边，微微一笑："这几天过得习惯吗?"

"还好。"我说，"真没想到，信中那个老老道道的黄汉编辑就是您呀。"

"不太像是不？别人总喜欢用我的名字来判断我的性别和年龄，所以不认识我的人总管我叫黄汉先生，黄爷爷，黄伯伯……"她诙谐地说。

我陪她一起去森林边散步。林籁摇曳风声萧飒。"我的信你都好好读了么?"她问我。

"嗯，都嚼烂啦!"

"我还是这样说，你的文笔清纯、流畅，思路也奇特。我喜欢你的文笔。只是这些作品主题开掘不深，显得有些浅且直白，这也跟你的年龄有关系，岁数小，社会经验自然少，但我认为你是个很有希望的作者……"黄编辑的一席话，说得我心里热热的。

"我都快绝望了，我以为自己不是当作家的料了。"

"说心里话，我一直认为你是个女孩子。男孩子能有这样细腻、漂亮的文笔，实在难得。"她说。

与她谈了许多许久，虽初次见面相谈，但已经有十几封信打基础，不久就无话不谈了，自然也谈到了她和她的家。她告诉我，她的家曾经很温馨，很幸福，可现在什么也没有了，连个孩子也没留下来，她的内心十分孤苦，我能体会得到。

"我有个小叔叔，36岁了，在美国佛罗里达州大学读博士研究生。他没结婚，也没有女朋友，我想你跟他会是挺合适的一对儿。"

我直率地说，这个年龄不会绕弯子。

"你能做你叔叔的主儿?"她笑了笑。

"我跟小叔的审美观点差不多，我看差不多的事他准没冒儿。"这一点我非常自信，我与小叔有一种天缘的默契。

黄编辑的眼睛闪着亮亮的光，但不久又黯了下来。

"可他仍活着，他并没有死?"

啊？我大吃了一惊。

"他活在我的心里。"她低低地说，"永远。"

我真不懂，她当时听到我说叔叔在美国读博士时，那神态是异样的，凭第六感觉，她动心了。可她为什么又马上回避了呢？因为当时我还小，也没再提及这件事。

改稿会结束后，我与黄汉的往来就更密切了，她经常借出差或组稿的机会来我家看我，每次都给我爷爷奶奶买来许多东西，并亲切地称我父母为大哥大嫂。父母待她如同上宾，因为她的到来，家人似乎看到了我在文学创作上的潜力和希望。

我曾拿着一张小叔从大洋彼岸寄来的相片让她看，她看得仔仔细细，脸上却没流露任何表情。

"你的小叔是个有出息的人。"这是她说过的话，我不明白她话里的含义，也没往心里去。

后来，小叔在美国戴上了博士帽，回国后先在一家大学任教，后来又到外地一个研究所搞一项课题研究。这期间，黄汉又来过我家几次，可惜叔叔都没在家。再往后的几年就传来了小叔叔与一位食堂的服务员姑娘结婚的消息，几年来，小叔一直被那姑娘无微不至地照顾着。

从此，黄汉编辑来家的次数明显少了，一年顶多来一次，再往后就不来了。有时，我放暑假也去她那儿看她。

如今，我已长大成人，也逐渐懂得了男女之间的一些微妙事情。有一次，我偶然在另一个笔会上遇见了那个江苏的作家老杨，他告诉我，黄汉编辑又结婚了，男的是汽车厂的工人。

我感到好奇怪好奇怪，看她当时的态度好像一生不会再嫁似的。于是，我把这些事讲给了母亲听，母亲恍然大悟，嘴里直说："怪不得，怪不得……"

"怪不得什么呀？"我问母亲。

"傻孩子，你早把这事告诉妈就好了，这事全耽误在你身上了。"

男人像一阵风，飞来飞去令人眼花缭乱；女人像一朵云，飘来飘去令人捉摸不定。

我如今还是弄不明白。

载于《女友》

遥远的星辰

北方也有雨季，雨季是流泪的季节。

雪娣不知在这条街上徘徊过多少个不眠之夜了，她怀念妈妈，脑海里时常跃出妈妈临终前那含泪的目光。她永远也不能原谅狠心的父亲，如果他不在妈妈重病中将那个妖女人领回家，妈妈怎么会吐那么多血？她去谴责过父亲，结果被父亲的一记重重的耳光打肿了半张脸，也打碎了她童年的梦。父亲跟那女人离开家的那年她才 15 岁，不幸使她过早地担起了生活的艰辛，担起了人生的苦辣酸甜。

雪娣领着 9 岁的妹妹雪婧在苦难的生活中长大了，父母留给她俩的唯一财产就是这间大房子。

她把思绪从深邃的夜幕里拉回来，孤独地往家走，忽然想起了那一张张奇怪的汇款单，10 年中她和妹妹每月都能收到一张 20 元的汇款单，却不知谁寄的。若没有这一笔钱，就凭她在工厂做零工的那几十块钱，怎么能养活两个人并把妹妹供到了大学呢？是谁寄来的钱呢？雪娣一直百思不解。莫非妈妈没有死么？她不相信妈妈真的离自己而去了，因为她分明从一个遥远的地方感受到了一种温暖的母爱……

回到院子里，她听到从隔壁屋内传出来王平叔叔的咳嗽声。她站住脚，心中猛然又闪出汇款单，会是他？这种直觉为什么如此强烈呢？王平与她妈妈是同一学校的老师，40 多岁了还是独身。雪娣敲响了王平家的房门。

"小娣，这么晚了，有事吗？"王平披着上衣给她打开了门。

"王叔叔，我想跟您借一本小说看。"

雪娣跟王平进了屋，台灯亮着，写字台上放着一大堆学生的作业簿。她记得妈妈生前，也是每天晚上都伏在桌前批改作业。

"你喜欢读哪方面的小说？"王平弯着腰从床下拖出了个小箱子。

"您给我推荐几本好吗?"雪娣说。

"别急,我帮你选几本。"他蹲在地上挑来挑去。

雪娣看见写字台上有一本翻开的影集,显然王叔叔刚才在看呢! 她凑过去看,不禁怔住了,那上面镶着的照片不正是青年时代的妈妈嘛。

"这两本书很好,是我年轻时最喜欢的,一直舍不得丢呵。"王平站起身,把《青年近卫军》和《青春之歌》递给了雪娣,见她正看着影集发呆,知道她看见了那张照片。他按了按雪娣的肩,长叹了一口气:"是你妈妈。"

"王叔叔,你还没忘了她?"女孩的眼睛湿漉漉的。

王平用手娟给她擦去了泪水:"你真像你妈妈。"

"她是世界上最好的妈妈。"她说。

"是的,她是世界上最好的女人。"他抚了下头发,深情地说,"这是我保存你妈妈唯一的一张照片,还是她刚从大学毕业来学校任教时,我向她要的呢! 二十多年啦……"

"王叔叔,你也送给我一张照片好吗?"

"做什么?"

"做个纪念。"

"行呵,我的照片都在影集里,你挑一张吧。"

雪娣告辞了,她挑了一张王平的近照带回了家。第二天,她就带着照片查到了汇款单上的邮局。一个办汇款业务的女同志把照片还给雪娣说:"没错儿,每月都来汇 20 元钱的,就是这个戴眼镜的男同志,我认得。"

雪娣冰冷的心变得很热很热。十年来,原来就是王平叔叔在暗中默默地帮助着自己姐妹俩呵。她激动地跑到了王平的家里,一头扑进了他的怀里面,哭了起来:"王叔叔,谢谢你……"

王平一下子就明白这女孩昨晚来要自己照片的缘故了,他抚摸着雪娣的头发,也流下了热泪:"好孩子,叔叔知道这么多年你没少吃苦,可叔叔没有别的办法帮你呵……"

"为什么?"女孩子仰起泪颜,"您为什么对我和雪婧这样好? 您与我妈妈之间一定有什么故事?"

王平把雪娣扶到椅子上坐下,给她倒了一杯水,然后才伤感地说:

"二十多年前，你妈妈刚到学校的时候，是一位非常漂亮而且文雅的女孩子，就像现在的你一样。那时，有不少小伙子追求她，当然，也有我。后来，她选择了一位很风流很时尚、在机关工作的青年，对了，就是你的亲生父亲。她俩结婚了，那时他们很幸福。我对你妈妈的感情一如既往，关心她、照顾她，我们保持着纯洁的友情。我认为这种感情是不该受到别人非议的。可是，那些喜欢搬弄是非的人竟编出了关于我跟你妈妈的种种新闻。她人长得漂亮，又有工作能力，所以就遭到了一些庸人的嫉妒。你父亲不辨是非，与你妈妈又打又闹，趁机又与过去相好的女人缠在一起，还在社会上拈花惹草……她是被气死的呀！"

"您与我妈妈是真的吗？"她小心翼翼地问。

王平摇摇头："你是个孩子，我不能瞒你。我与她之间是纯洁的，她是一位品德高尚的女人，所以，我至今还在怀念她……"

雪娣呜呜地哭泣，窗外下起了大雨，又是雨季。

"流言太可怕了，我不敢去你家照顾你们姐妹，只能暗中寄点钱，也算尽一点做叔叔的心意吧。"

"妈妈当初真瞎了眼，为什么选了我父亲而没有选择你？"

"别这么说，人各有所爱嘛。你父亲当年样样都比我强，这也是能理解的。"王平摘下眼镜，用手揉了揉眼睛。

"有了您，妈妈真幸福。"女孩由衷地称赞。

"真是个好孩子，我爱你妈妈，也爱你们。"王平欣慰地点着头，"这么多年来，我心中一直保持着一份圣洁的爱。它来自夜空中的一颗遥远的星辰，这爱的光芒照在我的心中，我又把光芒反射到你姐妹俩的身上。所以，我们又都是幸福的。"

雪娣回到家中，心里唱着那首歌《爱的奉献》。她一边流泪，一边铺开信纸，给在大学里读书的妹妹雪婧写了一封信，并把王平的照片夹到信里，在照片的背后写下了一行字：妹妹，我找回了我们的爸爸！并不遥远，就在我们的身边。

夜晚，周围律动着夜来香甜丝丝的芳馨，雪娣与王叔叔一起站台在院子里仰望苍穹寥廓的夜空。他们的心中揣着同一颗闪耀的星辰，虽然那么遥远，却已经深深地镶嵌在他们的生命之中了……

载于《春风》

雪 域

野山。一场恶雪，淹没了小路，淹没了树丛，淹没了野山考察队员们的脚印……

她是队里唯一的女性——地质学院的实习生。经过再三请求，她来了，为了证明女人不是弱者。然而，她掉队了。

他是队长，发现她失踪了，孤身一人回来寻找，既是责任，又是义务。

雪花，漫天飞扬。没多久，便没膝了。他顺着原路寻找着，呼喊着……茫茫雪域，空空旷旷。见不到人影，野兔也躲在洞里不敢出来，隐约能听见几声令人发怵的狼嗥。

他记不清来回寻觅了多少遍，偶一凹处，踩到了软软的她。

雪未停，风又来了。西北风有刀子般厉害，她几乎被冻僵了。他扶她走，步履蹒跚。索性抱起她，来到一个避风处。她，一个纤弱的姑娘，终抵不住几昼夜涉水跋山的劳乏，倒下了。苍白、憔悴的脸上，无力地眯着一双秀灵灵的眼睛；微翘的鼻尖，红了，干裂的嘴唇，紫了。

他解大衣扣，想脱给她抵御严寒，她拒绝了，谁都知道，在这野山雪域，失去大衣将意味着什么……他为难了，总不能眼巴巴看着被活活冻死吧！他脱下大衣，裹在姑娘的身上，然后，紧紧地把她搂在怀里。

他埋下头，贴近她耳畔："我体温37度，你不会被冻死。"说罢，他用粗大的手掌抹去了她脸上冻结的泪珠。

天黑了，没有黄月亮，也没有星星。雪域里只有两颗纯真的、互相依偎的灵魂。此刻，她想起了家，慈祥的父母和心上人……可他们离自己太遥远了。

他推醒她，起身，喃喃地说："不行，我们不能在这里睡过去，天亮

的时候，我俩就会被雪埋葬在这里的。"

"我是走不动啦。你走吧，我俩得活一个。"她美丽的眼睛盯着他，真诚地说。

"我不能扔下你！"

"不要紧，只要你活着出去……"

"别说了。"他背起她，艰难地在雪野里走着，蠕动着。

他拼尽全力地跋涉，心里只有一个念头，要走出这雪域，千万不能倒下……不知过了多长时间。东方已经晨光熹微了，他终于从这野山里爬了出来。当他接近那一座帐篷的眼前，竟眼前一片昏黑，栽倒在雪地上。

帐篷里没有人，人们也许都寻找他俩去了，她用力地把他拖到自己的帐篷里，让他平稳地躺在那张洁净的铺位上。然后点燃火炉取暖，用脸盆到外面盛满了雪，端到他的脚下。可一看他的脚，她为难了。他那双大头鞋在背她涉过一条小溪时，灌满了水，脚和鞋给冻在了一起，成了冰砣儿。

她用水果刀割开鞋带，费了好大气力，总算把脚给扒了出来，这是怎样的两只脚呵！红红的，肿肿的，像胡萝卜头似的，她哭了，一边流着泪，一边用雪水为他暖着，洗着。

她把他的脚从脸盆里取出，再也顾不得女孩子那羞涩和矜持了，脱去羽绒服，露出胸膛把他那双湿淋淋、凉冰冰的大脚紧紧地抱在了自己的怀中。

风住了，雪停了，野山的雪域里，留下了一串深深的脚印……

载于《青年月刊》，《中国微型小说选刊》转载

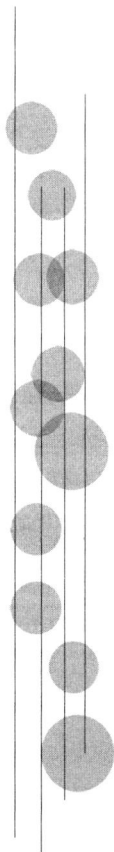

林 子

那片林子是我小时候最喜欢玩的地方，走进公园，都会很自然地走进这片林子。这时，她就拽住我，怯怯地说："我们离开这里吧。"

"为什么？我真弄不懂。"我问她。我觉得这里一定有故事。

"以后，我们不要多在那林子边转了，我害怕……"她说。

"怕什么？能告诉我吗？"我诚恳地问她。

"那时候我刚懂得爱，那时候我还不认识你呢！真的……"她一遍遍地重复着，好象有什么事怕我不能谅解她。

"关于这片林子？"

"就是在这里，我曾被流氓截过。"她注意地看我的表情。

"什么？你说你在这林子被……"我吃惊不小，直直地瞪着她。

唔——我猛然想起前几年报纸广播宣传一个男青年的英雄事迹："就是那个为救女青年而不顾个人安危，勇斗歹徒的英雄？可你晚上到林子里干什么呀？"

"谈恋爱的人都喜欢到那里去。我们刚坐下，就遭到了埋伏在里面的两个流氓的袭击。他还算是个男子汉，一边对付流氓，一边叫我快跑。为了我，他被歹徒的刀扎瘸了腿……"

"原来……可好像广播里说那个小伙子当时正在背外语单词，与那女青年并不相识呵。"我疑惑地问。

"不是那么回事。"

"后来呢？"

"后来他立功受奖，成了全市轰动一时的英雄。有不少姑娘向他求爱，领导破格将他从集体小工厂，调到了大机关做团干部。"

"你俩呢？"我有点醋意地问。

"早就结束了，一个局长把女儿嫁给了他。"

"你恨他吗?"

"这不是我们的错。"

"可我恨那小子。"我说。

"你在吃醋?"她望着我，忍不住捂住嘴吃吃地笑："那林子改变了我的命运。应该感谢林子，要不我也许早就嫁给他了，还能认识你么?"

"那你为什么总躲着那片林子，不敢进去?"我问。

"我怕……进去后，再失去你!"

载于《文友》

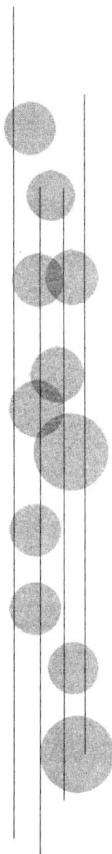

燃　烧

　　多少次在梦中，他幻想着有个孩子，不论是男孩还是女孩，只要是自己的。为什么这样想孩子，他自己也说不清，反正这种想法日渐强烈，想得缠绵、想得疯狂……于是，他就有了一个女人，他们结婚了。

　　新婚之夜，在黑黑的洞房里，他与新娘子滚在一起热烈燃烧了。直到火苗渐渐熄灭，他才像沉睡了似的从她身上滚下来。房子角落的蝉声高一声低一声地呻吟，诉说的是寂寞，他熟悉，她也熟悉。新娘子柔柔地把光溜溜的身子偎在他怀里，轻轻地说："光，有件事告诉你，我身体不好，医生说最好不要生孩子。"

　　"别听医生吓唬人。"

　　"你是爱我，还是爱孩子？"

　　"我都爱。"

　　"不，只能爱一样。"

　　"当然是你。"

　　"光，我就是你的孩子。"

　　他把妻子紧紧搂住，热吻像潮水淹没了她的周身。

　　新娘子叫霞，瘦弱的身子在光的无数次燃烧中强壮起来。她不明白光为什么偏偏想要有个孩子，起初，她谨遵医嘱，服用复方18一甲口服避孕滴丸，从不敢间断。当她有一天偶然从一个精美的小匣子发现了一张纸之后，就不再服药了。丈夫问起，霞就说："我也想要个孩子。"

　　生命，燃烧；燃烧，生命！霞怀孕了，光乐得天天喝酒、唱戏。胎儿越来越大，夫妻俩的恩爱也越来越深。离产期还有两个星期了，霞住进了医院，但产后大流血，母子不幸身亡。

　　霞有个妹妹叫云，见姐夫可怜，就嫁给了他。

结婚那天，光给云弄来了许多避孕的东西。然后，他才敢颤颤地用自己的火焰去点燃云的爱之火。燃烧，男人与女人永恒的规律；一张一弛，男人与女人固定的节奏。

云也发现了匣子里的那张纸，于是她也不再吃药，偷偷地将药丸扔进下水道里。

终于有一天，云高高兴兴地将光的手按在自己的肚皮上，告诉他："我怀孕了。"

啊？光的手像被鳄鱼咬了一口，吓得脸色惨白，哆哆嗦嗦地说："快，快去医……医院打掉。"

"为什么？你不是早就想有个孩子吗？"

"我不要，我不要，我求求你……"

云无奈只好被光牵着去做了人流。

"光，为什么不让我留着？你心真狠。"云的泪水涌出。

"我不想让你走你姐的旧路，我对不起她，不能再坑了你。"

"可是，婆婆……"

光的眼睛睁大了："你？你看了那张纸？"

云点头，眸子里散射出柔情。

"怪不得，那么霞也一定看了。不然，她怎么会怀上孩子？"他呜呜地哭，然后把匣子里的那张纸翻出来，捧在手里。

纸上写着："光儿，咱家就你这一根独苗，你千万别让咱家断了香火呵！我跟你爹就剩下这一个心愿未实现了，我们等着抱我们的孙子。"这是光的父母生前留给他的。

光慢慢地把这纸撕成碎屑，然后扔出窗外。面对星空，喃喃自语："爹、娘，霞领着您二老的孙子找你们去了，别怪儿子不孝，我不想把云也送给你们……"

几天后，他俩去孤儿院欢天喜地的抱回来一个女婴，给这孩子起个名儿，叫霞。

载于《文友》

芊芊坟草

听爸爸说我家从前住的是红墙高门的宅院，进进出出的人都是穿绸裹缎的绅士和太太，许多挨饿的人都到我家大门前喝过粥。败落了几代，到爷爷那辈上才算挥霍一空，尽管如此，家中旧箱柜、旧抽屉里，还会偶然翻出个金戒指、玉耳环什么的。

爷爷去世那年，奶奶显得还很年轻，她才比爸爸大12岁，难道她那么小就生爸爸了么？我那时还小，整天就知道逮蟋蟀、捉蜻蜓，有时也跑到修道院里去听嬷嬷讲圣经，什么耶和华呀，玛丽亚啦……常常听得晕头转向。

当时似乎也懂事了。就在爷爷去世的那年，修道院附近的一家宅院搬来了一位老婆婆。婆婆手大脚大，个头很高，满脸皱纹，饱经风霜。她对我格外亲切，每当我在草地里玩耍的时候。老婆婆就会从背后溜出来，嘴唇颤抖抖的，问这问那。开始我有点害怕她，怕她是"拍花子"把我领走，所以她给的糖果我一口也不吃。有时被迫接过来，也趁她不注意偷偷扔掉。后来，渐渐与婆婆熟了，我不再怕她了，也吃起她给的东西，有时跟她上集市时还向她要好东西。

老婆婆很喜欢我，这一点毫无疑问。因为跟我在一起玩的那帮孩子她都不喜欢，就爱抚摸我的头，深情地嘀咕着什么。我伸长耳朵去听，但又听不懂。给爷爷烧周年纸那天，爸爸、叔叔、小姑姑们都去山上扫坟去了。回来后还在家里设摆香案，买回许多黄表纸，剪成大钱儿的模样。

我在外面玩够了，刚想回家，忽然看见老婆婆匆匆地向我走来，拉住我就往山上走。在一座刚刚被人扫过的坟前，她停住了，从挎篮里掏出白面馒头、红枣、甜梨……还有白酒，堆在坟前。

草坡绿绿的，那些淡雅的小黄花在微风中瑟瑟抖动，几只无忧无虑的山雀悠闲地在枝头跳跃着，喳喳叫响。老婆婆把我从山雀旁边拉回来，让我跪在坟前。我有点胆怯，只好跪下了。只听她说："老东西，你到底没活过俺……"

我怯怯地问："婆婆，老东西是谁？"

"是你爷爷。"她双眼微闭，像是睡着了。

"你认识他吗？"

"他身上有几块疤瘌俺都清楚。"

"那你咋早不来找他？有好几个婆婆都来找过他。爷爷就给她们钱……"

在坟前待了很长时间，老婆婆才领我下山。我走不动了，她就抱我。在她的右手腕上，我发现了一只翡翠玉镯，这镯子的花纹和图饰我熟悉极了，爷爷生前经常拿着它叹气。婆婆咋也有一只？我想问，但却不敢开口。

"娃儿呀，叫俺一声奶奶。"她啄了啄我的脸蛋。

"不，我有奶奶。比你漂亮。"我一个劲儿地摇头。

她重重地叹气，目光里泪花闪闪："唉，这狼崽子跟你爹一样混。"

回到家，爸爸慌慌张张地追问我干什么去了。我说去山上玩了，他就告诉我以后如果看见一个高个子满脸皱纹的老婆婆，千万别跟她说话，看见她就赶紧往家跑。

我问为什么，爸爸说她是拍花子，把小孩骗上山掏小孩的心吃，听爸爸说得能吓死人。但我却一点儿也不害怕。因为我刚刚跟那婆婆从山上回来，如果爸爸说的属实，那我现在还命么？我不相信。

过了几天，我感到无聊，忽然又想起了老婆婆，就去修道院附近找她，但从此再也没有见到过她的影子。

后来，我长大了，爸爸、叔叔、小姑姑们已经不再去山上扫坟了，我就每年那一天自己上山，去给爷爷扫坟，还总是想要再能遇见那位老婆婆。每到这一天我都会意外地发现爷爷的坟明显被人扫过，坟草青青，密密茸茸的小草下是松柔的泥土。白鹭在明亮的蓝天上飞翔，脚步踏过，阵阵扑鼻的清香萦绕在周围，久久不散。

渐渐地，我终于明白了，这是一个美丽而悲伤的故事，要是还能遇见那位老婆婆，我会为她养老，可是，我再也未能见到过她……

载于《青年作家》，《小小说选刊》转载

伴 儿

一切都过去了，梦依旧是粉红色的，思念依旧是蓝色的……

她从昏迷中醒来，吃力地张口喘息。窗外一片混沌，世界似乎不留人了。

"叮叮当当……"屋外响动不停，声音铿锵。

"旋儿……旋儿……"厚嘴唇发出微弱的声音。

小女儿伸过头来："妈，你觉得怎样？"几天来，9 岁的女儿一直守在母亲身旁。

"你爸呢？让……他来。"

旋儿出去了，把爸喊进来。男人站在她病榻旁，呆呆地望。

"是什么……在响？心……好烦……"

"我在给你打家具。"他的心抖了一下，说得不自然。

"打家具？"女人的眼睛欠了一条缝儿。

"哦……"男人想了片刻，对妻子说："你这一辈子跟我够苦的，没用过一件儿象样的家具，趁你走之前，我要让你看到我们的新家具。"

女人憔悴的脸上泛起了感激的笑容，一种无限的柔情浸透了她那柔弱的心。两条泪的小溪慢慢地流向耳边。这时，她渴望拥抱太阳……

她同他结婚 20 多年了，养孩子、理家务、做工……为了他这个家，她像只春蚕，吐尽了腹内的丝，在临终之际，能听到丈夫说出如此情深意长的话来，她心中感到莫大的快慰和满足。但朦胧中，一双冷峻的眼神，使她颤抖了一下，这是丈夫那双眼睛。自从他两年前高升为副处长之后，这双冷峻的眼神越发使她胆怯。

"我的褥子底下……有个存折，你取出来。"女人长咳不止。

男人找出了存折，见上面存有 3986 元钱。

"天……快冷了。这钱……是我攒下的。今年，我不能再给你们做棉衣了，你和旋儿买棉衣用。"舐犊情深，女人指着小女儿，不放心地嘱咐，"我死后……你要好好照顾顾她，别让孩子……受委屈。"

男人点点头，把存折揣在怀里。嘴角露出了笑意。

旋儿将一勺糖水，喂进母亲的嗓子眼儿里。

"叮叮当当……"男人玩命地干活，唯恐误了时间。

旋儿仍然整日整夜地守候着母亲，两眼熬得通红，不肯离开半步。

女人最后依恋地望了一眼世界，便安静地闭上了眼睛。此刻，夕阳斜下，晚霞似火。城市的建筑群被霞光染成了红色。霞光渐渐地淡下去，世界又呈现一片肃穆的神色。

男人与女儿伏在女人尸体上嚎哭，惨不忍闻。左邻右舍的人们替他张罗着，料理亡者的后事。

女人死后不到一周，他已经把一套新式组合家具油得锃亮，耀人眼目。

"怎么样？遵照您的指示，提前3天完成。"男人对身边的一位年轻的留着披肩长发的女子说。

"披肩长发"嫣然一笑："还可以，你的手艺儿还不赖。"

男人受了夸奖，心花怒放。魔术师般地变出个存折："你不是喜欢貂皮大衣嘛，这回够了吧！"正是他那故去的女人留给他的那个。

"披肩长发"笑了，男人亦随着笑，笑得很不自然。

不久，男人与"披肩长发"结了婚。

花烛之夜，新房焕然一新。人来人往，好生热闹。唯独旋儿躲在后墙角嘤嘤地哭泣……秋风瑟瑟，小姑娘被冻得浑身颤抖，缩成一团儿。她思念母亲，眼睛正燃烧着那火一样的晚霞。

一切都得重新开始，梦永远是粉色的，思念永远是蓝色的……

载于《家庭生活指南》

细雨三月

柳梢绿了，黛眉弯了。布谷鸟飞回来的季节，街上，花园里，到处都有很漂亮的花朵。

那年我在一家科研所工作，那年我有一位很漂亮的女友。

小京是个青青涩涩、乖巧别致的女孩子，那年只有 17 岁，在所里已有 3 年工龄了。她母亲是所里的功臣，曾在一年研制成功三项国内尖端项目，但因过度劳累，悄悄地在设计室里去世了。当时小京才 14 岁，初中刚毕业，她就接了母亲的班，在所里当了一名技术资料管理员。

每次我去资料室查找资料，小京都不厌其烦地给翻找。她不算漂亮，一脸孩子气，气质纯纯的、甜甜的，穿着那件干净的白大褂显得格外动人。我喜欢跟小京开玩笑，虽然我刚从学院分来不到半年，却跟大家交往得很熟了。所里人人都把小京姑娘当小孩子看，我也当她是个孩子。

小京有时闲歇也跑到我的办公室坐坐，聊一些年轻人都感兴趣的事。那天，我的女朋友来所里找我，中午，所里没有食堂，职工们都用气锅蒸饭，小京默默地给我俩送来了一饭盒米饭和朝族泡菜，我俩吃得很香。下午送走了女友，我刷好了饭盒还给小京，女孩望着我，眼眸里闪烁着羡慕的光亮。

"她可真漂亮。"小京轻轻地说。

"我们学院里的同学，她分到了化工厂，离咱所很近的。"我说。

"真好。"女孩把脸转向了窗外。

有人说，当女孩子变得温柔了的时候，那么她的心里一定有了爱。小京姑娘的温柔不知是从什么的时候开始的，反正我自从认识她的那天起，就发现这女孩子柔情似水。

三月里，春鸟在鲜艳的杏花枝头欢乐地蹦跳着，细雨霏霏，淅淅沥沥，缠缠绵绵。下班了，我提起自己的自动黑伞往外走，所里的人几乎走光了，走廊里，见小京姑娘还伫立在窗前望着外面的雨雾发呆。

"小京，怎么还不回家?"我向她走去。

"我……没带伞。"女孩迅速地忘了我一眼，低下了头。

"没带伞，别等了，一会天就黑了，我送你回家吧。"

女孩子默许了，我俩同在一把伞下，走进了雨中。

"让我举伞好么?"她轻声请求道。

我把手里的伞让给她，伞一下子变矮了，我俩的世界也一下子缩小了。凉凉的雨丝把我的左肩和她的右肩淋湿了，衣服湿湿地沾在肉皮上，痒痒的。我往里靠了靠，用右臂有力地把女孩搂住，两个人就都缩进了伞里，紧紧地依偎在一起。

"冷吗?"我感到女孩的身体在微微颤抖。

"不，不冷。"她把头歪在我的肩膀上，那样恬静。

天近黄昏，周围昏暗昏暗的。从所里到体育场站牌也就有一百多米远吧，我俩刚好走到一百米远的时候，另一只小红伞迎面停在前面，挡住了我俩。

抬头，四只眼睛惊愕地一看，是我的女友，她来得非常巧。

"我自己能回去，你们走吧。"小京把我从黑伞里推进了红伞中。

"伞你拿去用吧。"我说完，被女友挽走了。

天黑了，路灯亮了起来，细雨把清冷的街道舔得干干净净。

与女友吃完饭，看完一场电影，大约夜里9点多了，我一个人往所里走，我在所里住宿。走到体育场站牌处，我发现一个熟悉的身影在路灯下徜徉着，是小京。我停住了，仔细地辨认，绝对是她，举的还是我的那把黑伞，仍然是刚才那样的姿势，悄悄地躲在伞的一边，另一边空着，歪着头，仿佛把脸靠在别人肩头的样子，一趟一趟地走，从科研所大门口到体育场站牌下，只有一百多米的距离内……

"小京，是你么?"我不知站立了多久，忽然喊了一声。

那女孩一震，黑伞一下子盖住了她的脸和上半身，像受了惊吓，匆匆地向远处跑去，很快就消失在黑夜之中了。

会不会认错人了? 若是小京她怎么会不吭声就溜走了呢? 我感到很

奇怪，我想明天问问小京就知道了。

第二天，小京没来上班，她病了。

三天以后，等小京来上班后，我跟她提起了这件事。

女孩子显得十紧张，脸涨得红红的："那不是我，那天晚上我一直呆在家里，哪儿也没去。"

我不再问了，我明白了许多："唔，那就是我认错人了，天太黑。"

后来，我经常听见小京姑娘唱起一支歌，歌名叫《三月里的小雨》……

载于《女友》

魔方女孩

　　杨森是那种挺帅气却有点腼腆的男孩子。四年前他曾相处过一位爱玩魔方的女友，却因为种种原因而失之交臂。分手时，那女孩把自己最心爱的魔方送给了杨森，从此，这魔方便宝贝似的一直跟随在他的左右。

　　森与琴相识好几年了，琴是一位俊美女孩，虽然长得漂亮，她却一直回避着所有向她投射来的目光和感情。她极温柔，又非常善解人意，所以森特别愿意把所有自己难解的心事讲给琴听，她给了森无限的遐想与慰藉。

　　一天，森与琴在小路上慢慢地散步，森说："如果一个男孩爱上一个女孩，你说他该怎么办？"

　　琴的眼睛明亮起来，心也开始乱跳，可她还是抑制了内心的悸动，不露声色地说："那就拿出男子汉的勇气来嘛，大胆地向她表示。"

　　"不行啊，这样做，若碰钉子，结果会很尴尬的。"他说。

　　"也许不会。"琴的声音更轻柔了。

　　"你说一个陌生男人向一个女孩求爱，不会被当成流氓斥责么？"

　　"你说什么，陌生？你可真会编故事……"琴微微一笑。

　　"是真的，我在电梯里经常能遇见一个美丽的女孩儿，她很像我以前的'她'，说心里话，我好喜欢她，可却没有机会认识她。"

　　琴的眼睛黯淡下来。

　　周六的下午，单位的人们早早地走光了，森草草收拾了一遍办公室，揣起魔方，提前下班回家。走进电梯里，竟又遇见了那个美丽的女孩。

　　电梯的门关上了，他俩随电梯开始从十六层的高层向下飘去。那种坠落的感觉好惬意，全身的骨头酥酥的。森靠着凉凉的梯壁偷偷窥望那女孩，发现她长得太甜了，像美国演员波姬·小丝。后来，森每次跟我

提起她都叫她小丝。

小丝高傲、矜持，神圣地挺立在他的面前，一头柔软、蓬松的长发泻落在肩头，宛如一尊圣洁的玉女雕像。他在胡思乱想，该怎样才能认识她呢？挤眼？扮鬼脸？搭讪？不妥不妥。

突然，在短短的几秒钟的一瞬，命运就像开玩笑一样发生了戏剧般的变化。电梯悬挂在半空，他俩眼前一片黑暗，停电了。

"真讨厌，我还有急事呢！"小丝终于开口说话了，不知是说给他听，还是说给自己。

时间真难熬，黑暗之中，小丝哭了一场又一场，他俩都站疼了双脚。他坐下了，她也坐下了，一坐就是五个小时。

两人就这样成了熟人，森也知道了小丝在海关工作，还知道了许多她的事情。森也给小丝讲起了自己的往事。讲自从与那个魔方女孩分手后，他每天都给她写诗、弹琴、唱歌，写她的名字、画她的眸子、剪她的影子……小丝被感动了。

"你俩之间，真浪漫。"小丝说。

"所有恋人应该做的梦，我们都做过。"

"后来呢？"

"环境变了，地位变了，人心自然会变。"森从容地耸耸肩。

"不会整夜都不来电吧？如果这样下去，我们会被困死的。"小丝说。

"女人比男人有耐力，死也是我先死。"杨森说。

"你不能死，你死了我怎么办？"

"会有人救你。"

"我们喊了那么长时间都没人管，我想不会有人救我们了。你别离开我，要死我俩就一起死。"小丝抱紧了森。

她在森的怀里像一只柔弱的小羊，静静地数着他的心跳。

"你在想什么？"小丝问。

"我想如果我俩就这样死了，是不是给这个世界上又留下了一份美丽的遗憾。"

"那我的名声可惨啦！"小丝有点发抖。

"那就嫁给我吧。"

"嫁给你？我看不是不行的。"

森把自己的地址给了小丝，小丝也把她家的住址给了森。森把心爱的魔方送给了小丝，小丝欣然收下。

魔方在电梯里旋转！

终于来电了，电梯的门被打开，这时人们把两个近乎昏迷的男女抬出来，送进了医院。

出院后，森急匆匆地来到了小丝家。他手指揿响了门铃，三遍过后，从门缝里探出小丝那张美丽动人的脸："你找谁?"

"你忘了，上周六我俩被困在电梯里了，还有那只魔方。"

"我想起来了，你有事吗?"小丝很冷淡地问。

"我没事，来看看你。"

"谢谢，我家里现在有客人，请原谅我不能请你进屋坐了。对了，这魔方是你的，还给你吧。"

森觉得被一盆凉水醍醐灌顶地浇下来，他两眼发黑。

绝望中的森终于敲开了琴的门，一下子便栽倒在琴干净的床上。琴用热毛巾替他擦脸、擦嘴，然后，敷在森的额头。尔后像一只小鸟依依乖巧地守在他的身边。

森终于头一次这样认认真真地看了琴、想了琴，竟发现琴要比小丝美丽得多可爱得多。这么美丽的女孩，自己从前怎么给忽略了呢?

"琴，你愿意嫁给我吗?"他用眼睛火辣辣地望着她。

琴的眼睛霎时湿润了，泪水像断了线的珍珠，扑簌簌地流了下来。琴扑进森的怀里，抽泣着说："五年多了，我终于听到你对我说这句话了。"

森无意中发现，琴的床头上摆着一只漂亮的魔方。

载于《今日青年》、《青年一代》,《小小说选刊》转载

冷馨儿

冷馨儿19岁了，属羊。都说女孩子属小羊命不好。媒人给介绍了好几家，男方妈都嫌她属羊。

说她命苦不假，馨儿从小患肺炎，偏偏碰上个赤脚医生，打了一针，就给扎成了麻痹。后来留下后遗症，走路两个脚印一深一浅。5岁那年，爹遇车祸没有了，娘虽疼她，但自从有了后爹，情景就大不一样了。

馨儿自幼生得俊俏，且聪明伶俐。出落成大姑娘后，更是明眸皓齿，楚楚动人。车间里的男孩都爱跟她一起干活，甜妹妹蜜姐姐，叫得令人起腻。结过婚的男人也喜欢偷窥她隆起的胸脯……但没有人向她求爱。嫌她跛足？嫌她没爹？嫌她属羊……她不知道。每每想起这事儿，她总悄悄地掩面而泣。

车间主任老费膝下有儿无女，特别喜欢小女孩，尤其疼爱馨儿。家里有好吃的，总要用饭盒给她带些，然后笑眯眯地看着她香香地吃一会儿，才心满意足地走开。老费是粗人，脾气坏得像头野驴。工人们敬他三分，惧他七分。

一次，车间小修停产，不知从哪儿来了个二流子，硬缠着馨儿，拉她上街看电影。馨儿吓得脸色惨白。老费撞见气得头顶冒火，抓住那家伙就是一顿乱拳。那小子被打肿了脸，从此再也不敢来纠缠馨儿了。老费有时休息，也爱跟工人们摸摸扑克，总赢多输少。嘴欠的人说："费主任，赢了钱，请大家下顿馆子吧。"

老费鼻子一哼："你娘，这钱留给馨儿办嫁妆，积少成多。"

冷馨儿心热了！她经常莫名其妙地幻想：假如自己那后爹是老费该有多好哇！实际上，她心里早就把老费当成了父亲。人前人后，伯伯、伯伯地叫个欢实；有事没事，都爱跑到主任室撒娇。不管老费忙不忙，

拉起他，自己坐在他的大皮转椅上，然后灿烂地一笑……

馨儿虽然腿脚有毛病，干起活来却干净利落。加上在车间里人缘好，年年都能评上先进。后来，老费当了厂长，馨儿依旧在车间里干活。她更加懂事儿，知道厂长对自己好，自己就更要好好干。渐渐地，馨儿红了起来，不仅当了局里的先进，还被评为市"三八红旗手"。

荣誉对馨儿来说，来得太快了，令她应接不暇。因为腿上的残疾，她心里的自卑感无法消失，只希望默默地干好工作，争口气！

有一天，馨儿上班来，刚踏进车间更衣室，工友便围过来，七嘴八舌地告诉她：

"小馨儿，费厂长来找你。"

"电视台来咱厂里拍改革的新闻片啦，还要专拍你的镜头呢！"

"老费让我们告诉你，让你来了好好打扮一下，马上去接待室找他。"

冷馨儿脸红了，红得像羞涩的花，圣洁、娇嫩。

她激动得几乎不能自持，仿佛一切都是梦，美丽的梦。她努力按捺着一颗怦怦跳动的心，悄悄地来到镜前，看镜中那张妩媚、温柔的脸……

"怎么能穿这油花花的工作服上电视呀？小馨儿，穿我的连衣裙吧。"秦姐从衣箱中拿出裙子递给他。

"穿上我的高跟鞋，别让外人小瞧了咱。"仙芝也说。

"对对，再戴上老费的鸭舌帽，更添 3. 1415926 了……"操作工四狗子逗趣地说。

"滚一边去。馨儿，别理他。……狗嘴里吐不出象牙来。"秦姐瞪了四狗子一眼，忍不住笑着骂。

人们把馨儿打扮得像一朵美丽的花儿。不一会儿，站在窗前的人叫起来："费厂长来了，快让馨儿去吧。"

馨儿的心跳得更厉害了。忽然，她对大家说："开个玩笑吧！我藏起来，让厂长急一急。"说完，快乐地躲进了大工具柜里。

老费重重地推开更衣室的门踏进来，急急地叫："馨儿、馨儿，描龙呢还是绣凤呢？怎么还不来？记者都等……哎？冷馨儿呢……"

有人说："她到动力车间去了。"

"去那里干嘛？"老费问。

"不知道。"有人在窃窃地笑。

费厂长生气地跺跺脚："这个丫头，告诉她马上到接待室来，咋这么不听话？拎着个瘸腿乱走什么……"

费厂长走了。人们愣愣地站着，面面相觑。屋里静悄悄的，大工具柜里传出来女孩子伤心的哭泣声……

载于《广州文艺》

少女与幸运星

秋阳灿烂的周日，葛蓓蓓早早地来到了市少年宫广场，参加在这里举办的报刊及书籍展览。人越聚越多，主办单位把广场打扮得绚丽多姿。蓓蓓帮人家发完了宣传单便穿梭在这书的海洋里，读者一茬接一茬，人群中有两只由人扮成的卡通动物，十分惹人喜爱，一只是大狗，另一只是卡通鸭。

蓓蓓是金陵中学的高中生，这是南京市最好的中学，伙伴们都羡慕她。她是一位极温柔且富有同情心的女孩，她喜欢一张一弛地生活，课余喜欢看书、写作、听音乐、唱歌……内兼外向的性格决定了她动静结合的特点。她静静地站在广场的人群中，卡通鸭向她走来，点头后就算认识了。卡通鸭似乎对她很热心，领着她玩耍，手舞足蹈，蓓蓓开心极了。

活动结束时，蓓蓓已经很疲惫了，但她却感到非常快乐。想离开广场时，她又见到了卡通鸭，她微笑地对他说："我要走了。"

鸭追上来，她听见了从那笨重的头套中传出的声音："能告诉我你的名字和地址吗?"

她没多想，就把学校的地址告诉了她，她觉得与卡通鸭结识很有趣。

以后，渐渐淡忘了这件事，直到两个月后元旦过完的第一天上课，她突然收到一张贺卡，贺卡上的图案是一只逗人喜爱的卡通鸭。几句祝福的话后面是一串电话号码，署名是鸭。她猛然想起了那个与之萍水相逢的鸭子朋友，欣喜之余，她立即按贺卡上的地址回了一张卡，并留下了自己家的电话。

几天后，她午睡时被电话铃声吵醒，迷迷糊糊地接起电话，是鸭。匆匆地几声问候，含糊的几句回答，便放下了话筒。过后，蓓蓓觉得自

己是不是有点失礼了，便又主动地给鸭打通了电话。她与他聊了一些都很感兴趣的事，鸭告诉她自己是个职高，比她高一届。他说重点中学的女孩子都很骄傲，瞧不起其他学校的学生，他还说他很喜欢雪……

蓓蓓的好奇心得到了满足，她想萍水相逢却还可以联络，多有趣。

一天午后，天突然下起了大雪，蓓蓓又想到了鸭。拨通他家的电话，她说雪好大没办法回家，就想起了喜欢雪的他。很敏感，他说让她在校门前等着，他马上给她送雨具来。蓓蓓慌忙地拒绝了，她感到有一种从未有过的惶恐向自己袭来，而这惶恐的根源就是鸭。

天快黑了，雪夹着雨不停地下着。蓓蓓收拾好书包，系紧衣扣，急匆匆地骑上车往家赶。

而在校门口却有一个人在等待着也，竟是鸭。鸭为她准备了一件雨衣。

蓓蓓虽然对鸭仍存着那么一份神秘的好感，但她越发感觉到另一种危险的存在，这种感觉令她极不自然。放寒假了，鸭常给她打电话，与她天南海北地聊天。有一天，他告诉她昨天在街上看见她了，并把她的样子和服饰描述得十分准确。可蓓蓓却一口否认了，无疑鸭已在暗中盯上自己了，自己成了别人的目标，她更加感到那种危险的临近。

她对鸭的模样太虚幻了，她只依稀地记得雪天那个高高的男孩子的身影。一天下午放学，鸭来找她，他说自己做了一件傻事，蓓蓓淡漠地问是什么事。他说他花了一个星期的时间叠了六百颗幸运星，却不知道应该送给谁。蓓蓓明白了他话的含意，就故意地说让他自己留着或送给其他朋友。鸭说他不会再送别人了，因为每颗星上都写着一个女孩子的名字，那个女孩子就是她。

蓓蓓又羞又怕，她借口有事悄悄从他身边走开了。

又是几场雪之后，年就过去了。蓓蓓又接到了鸭打来的电话，邀她一起出去玩，她本能地拒绝了，她说自己很忙。鸭有些沮丧，但他却很理智地退却了。

开学后，蓓蓓一直没再收到鸭的信和电话，日益紧张的学习冲淡了她对鸭的好感与恐惧。只是偶尔在路上遇见一些正在做宣传的卡通动物便会隐约地想起鸭，旋即又慌张地躲开，那在套子里的人会不会是他呢？

半年后，又是一个下雨的秋日，放学时蓓蓓意外地收到了一封发自

美国圣保罗的信。她茫然地看着信封上那似曾相识的笔迹，将信塞进书包，等回到家，才郑重地撕开，她又一次愣住了，竟又是鸭！怎么会这样？她慢慢地展开信纸：

"我曾说过，会给你写信的。我真的写了，但却没有寄。你是个优秀的女孩，真诚稳重，但你过于保护自己了，这也许是你的优点也许是缺点。我感觉你始终在有意躲着我，我不是坏人，不是瘟疫，或许当初问你的地址就是个错误，但我对你从未有过非分的企图。身在普校的我想与你这位优秀的女孩接触，只是希望从你身上看到些我所不具备的东西。可我的行为被你误解了，误解得很深。我想告诉你，你非常像我最为疼爱的妹妹，两年前她意外地丧生了，这也是我想接触你的原因。她曾在生前企求我送给她六百颗幸运星……现在我身在异国，非常思念家乡的亲人，我与你之间难道连一份纯洁的友谊也不能存在吗？

等你收到我信的时候，也许我还会给你打一个电话，这也许就是我对你最后的祝福……六百颗幸运星都寄给你，拥有它们，你会与这些星星一样幸运……

你的朋友 鸭子"

蓓蓓愣愣地蜷缩在沙发里，脑子里一片空白。这时，电话声响起。她拿起听筒，果真是鸭来自大洋彼岸的祝福。幸运星在少女的眼睛里灿烂地闪烁……

载于《少男少女》

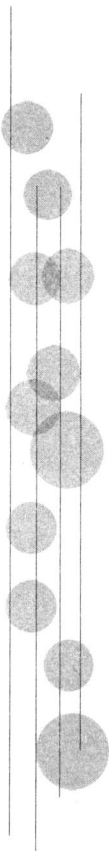

女兵天使

天使本来是赞誉白衣护士的，可大家偏偏管她这个小兵叫天使，不仅医院的首长叫，新兵蛋子们也叫，连家属区那些穿开裆裤的小娃娃们也跟着起哄。

她不愧叫天使，长相嫩得能爱死人。眉黛弯似月，杏目圆如珠。尤其她那纤纤素手和两瓣樱唇，谁见了都会怦然心动。她喜欢在医院后边那片丁香树丛里静静地走来走去，独自享有那醉人的温馨。入伍两年来，她已经习惯了把自己的心紧紧地裹在绿军装里。两年前她在家还是个爱撒娇的女孩，不知为什么，一踏进军营那种浪漫的心情便荡然无存。每天都得告诉自己，自己是个军人，得注意形象。想家的时候，只能躲到被窝里悄悄地抹眼泪。女兵不论走到哪儿都会成为人们目光的焦点，何况她还长着一张人见人爱的脸蛋呢！少女的矜持使她时时刻刻都在紧紧地绷着神经，敏感地防范着外界的任何一次袭扰和撩拨。人家都说做女人好累，她说做个漂亮的女兵更累。

走在外边她不敢随便地笑笑颦颦，连无意之中帮人家一个忙，也会弄得男人对你多心。一位将要转业的大姐告诫她，对谁也不要太热心，特别要提防那些见了女孩子就叫大姐的男兵们。

她一边在花丛里散步，一边默念着惠特曼的诗句。忽然，她觉得右肩好疼，被一只粗壮的大手抓了一把，仿佛指甲已经嵌进了肉皮里。她使劲地挣开，转身愤怒地注视这个人，原来是个穿着住院服的男兵，头上还缠着绷带。"你，你想干什么？"她冷冷地责问。

"天使，你真漂亮。我叫李小广，我们交个朋友吧。"他一边挤眼，一边做鬼脸儿。

俗不可耐！她瞪了他一眼，没好气地说："我没有时间理你这号人，你上学的第一天一定逃学了，不然怎么会不懂得礼貌呢？"

李小广拍拍手："哈，你太了解我了。我小时候就不爱上学，别的孩子书包里全是书和本子，你猜我的书包里都装了些什么……"

天使知道他这是在跟自己套近乎，这号人既坏得可憎，又蠢得可爱："喂，你说够了没有？快走开吧，不要缠着我。"

他不高兴了，嘟呐道："干嘛这样装紧，在一起聊聊有什么啦？不管怎么说咱们该算是战友哇。"

李小广走开了。天哪！树那头居然还站着四、五个病号，李小广不知跟他们嘀咕了些什么，他们笑闹着回病房去了。

冒失鬼！天使在心里骂了一句。

一天，勤务连总机班的机台出了故障，管修理的刘参谋外出不在医院。这可急坏了女兵们，因为规定总机是一刻也不能瘫痪的。首长四处寻找电工也找不到，没想到来了一个病号把机器修理好了。天使一看，这个病号正是摸自己肩膀的李小广。

大伙都夸他手巧，李小广咧开嘴笑着说："巧手的人可不是我，咱是个电线兵哩。"后来，他跟话务班的女兵混得很熟了，经常跑到这儿跟女孩子们谈天说地。天使对他的印象不像从前那么坏了，还发现李小广这个人纯朴、实在、心眼直。后来别人告诉她，李小广是因为在蛟河抗洪抢险时，为抢救一位落水的老大爷，脑袋撞在一块尖利的大石头上，被划破了一条大口子缝了8针。

"你被撞伤后，首先想到了什么？是老大爷的安危么？喊没喊'不要管我，救人要紧'呢？"话务员姜莉莉用报纸卷成个筒，伸到李小广面前，学着记者的样子问。

"我想幸亏是划破了脑袋，如果划破了脸，他娘的恐怕我今后连个老婆也弄不到了。"

他的话把屋内的女兵们逗得直乐，天使也静静地坐在小凳子上听他调侃，捂着嘴笑。

"娘的，别看咱现在是个兵，可到了战场上，敢冲在最前面玩真格的，还得是咱这样的。那些平时高调唱得最响的，一上阵就该尿了。"

女兵们很喜欢与李小广在一起谈笑，姜莉莉还给他洗了几个苹果，李小广并不客气，抓起一只就大吃，连果核都吞了。

"天使，你别就是笑。你也说说，你将来准备嫁个什么人？是军官，

还是大学生?"他又吃起第二只苹果了。

由于相互之间已经不陌生了,天使对这样的问话也不再敏感了。

"她呀,有一个中校追她都追不去呢!"一个姐妹笑着说。

"为啥?你想嫁个将军?"他的脸黑起来。

"我从来没想过能嫁给谁,只要是我真心爱的人,他就是一个普通老百姓,我也不在乎的。"天使说完,咬了咬嘴唇。

"嘿,这话我愿意听,我就喜欢你这种性格。"李小广连连叫好,"看你平时骄傲得像个公主,没想到你……咱哥儿服了。"

"这算什么?如果你真的了解我,令你吃惊的还多着呢!"天使得意地歪起了头。

两星期后的一个黄昏,李小广托人约天使来那片丁香树丛中见面。天使想,这号人可不能给脸,这不,抓鼻子来了。但她还是去了,她想,如果他敢异想天开或动手动脚,看我不损他个体无完肤才怪呢!

"你来啦!对不起,约你出来是想向你道歉。"他突然变得彬彬有礼了。

"仅仅为了道歉?"

"是的,那次真是该死,病友们都说你最漂亮,说你的肩膀一定很柔软,都想摸一摸,却谁也没有这个胆量。看见他们那懦夫的熊样,我就来气。所以就……就抓了你的肩。后来,我觉得你这个人不错,我好后悔,真不应该这样做……"他的话非常真诚。

她心里热热的:"没事儿的,我早就忘啦。"

"谢谢你能原谅我。天使,我知道你喜欢文学,这是团里奖励给我的书,说实话,我根本看不懂这些书,就送给你做个纪念吧。"他从书包里拿出来几本书递给她。

她接过一看,有泰戈尔诗选,契诃夫小说和一套《悲惨世界》。

"谢谢,我收下了。"她晶莹地望着她。

"再见吧!天使,我明天就要出院归队了。"

"别叫我天使,我的名字叫何薇。"她第一次把自己的名字告诉了一个男兵,她也第一次开始信任了别人。

"还是叫天使好,因为你在我的心中,永远是一位女兵天使。"他说完转身走了,走进了黄昏的夕阳里……

载于《女友》

怀念一个叫小东西的女孩

当秘书的滋味不好受，处处得察言观色、谨小慎微，领会领导的意图。每天除了代写发言稿、总结之外，还得抄送上下级各种没完没了的文件，打字、复印，能忙得我找不到东南西北。每当我忙得焦头烂额的时候，就越发怀念一个叫小东西的小女孩，一个18岁的小姑娘。

小东西是个孤儿，瘦瘦的，眼睛却很大，双眼皮，笑起来很甜。她有名字，但大家都喜欢叫她小东西，渐渐地人们就忘了她的姓名。小东西是老局长在一次视察孤儿院时把她领回来的，就安置在局办公室。打水扫地，学打字，替我做一些抄抄写写的工作。暂时算临时工，老局长说等以后有机会转正，或送她到大学进修。

我与小东西合作得十分融洽，她文文静静的，手脚也勤快，要做的事不用吩咐，她已经先干完了，难怪老局长这么喜欢她。

她管我叫帆哥，没事儿就向我请教一些问题，并且十分认真地聆听。我从心里往外疼爱小东西。她没有亲人，我一直希望能够做她的亲人，当她的哥哥，给她以关怀和温暖，给她以亲情和爱抚。

小东西聪明伶俐，接受能力特别强，学啥会啥，做啥像啥。经过多次观察和有意考核，我觉得她完全有能力接替我的工作，更重要的是她非常喜欢做文秘这一行。不像我一心想跳出去。于是，我找到老局长，对他说："局长，我看小东西挺胜任这项工作的，就早点给她办转正吧。"

"不急，让她再练几年。"老局长说，"让大家来说话，才有道理嘛！"

可没过上半年，老局长就突然患脑溢血死了。留下了这个小东西，俨然又成了孤儿。新局长是从别的局调来的，谁也摸不清他的底牌。

我们局是一个比较好的机关单位，但待遇方面远远比不上税务、工

商。虽然这样，这里仍是令外人红眼睛的单位，不少人喜欢穿我们的制服，局里早已人满为患。

新局长的儿子从省外一所大学毕业，人事处长硬是给塞了进来，不仅如此，还把他的女朋友也弄了进来。因为没有编制，人事处长煞费苦心，决定先让局长儿子的女朋友代替小东西的位置，先占她临时的编制，站稳了脚再图前程。

这样一来，小东西就惨了。她被人事处长叫到办公室，对她说："现在局里人太多，不需要临时工了，所以从明天起，你就不用来上班了。"

小东西眼泪汪汪地回到我的屋里，目光呆滞，久久地凝神。

我问她怎么了？是不是身体不舒服。她把这事告诉了我，然后一遍又一遍地问我："帆哥，是不是我做错了什么？"

"没有，你做得非常出色。"我安慰她。

"真的么？"泪水刷刷地在她瘦削的脸上打滚儿。

小东西走了，回西北老家去了。据说那里还有几个远房的亲戚，久未联系，也不知道能不能找到。她走的那天，我与单位的几个大姐去火车站送她，凄楚告别之前，我流泪了。为自己没有能力拯救她的命运而难过。临上车，我悄悄地塞给她200元钱："收下吧，小东西。"

她哇地一声哭起来，一头扎在我的怀里。

新局长那未来的儿媳眨眼间就来上班了，她坐在我的对面，浑身香得像一只蜜蜂，每天花枝招展地来来去去，像个阔小姐。我替她算了下，一天内，她用在打扮、打电话、上厕所、看报纸、闲聊的时间几乎是工作时间的四分之三，还不算外出。任凭我忙得汗流浃背，她却悠闲地修着自己染红的指甲。

有时，新局长的儿子也来我这屋找她，高兴时，俩人又搂又抱，旁若无人；不高兴时，就又骂又吵，肆无忌惮。我早就憋了一肚子气，可向谁去发作呢？我又想起了那个小东西……

一年后，我屋里的"蜜蜂"飞到税务局工作去了，她根本没把这份工作当回事儿。我深深地替小东西悲哀，小东西的命运就像一根细细的小草一样弱不禁风。

小东西已经走了好几年了，一去再无音信。由于我这屋人手少，忙

不过来，于是，人事处长又给我安排来一个临时工，是个退休老头，听说是人事处长的三舅。这老头身兼多职，一个人挣 5 个人工资。我又想起了小东西，她现在会怎么样了呢？

载于《涉世之初》

香　莲

　　湘西古镇有一所高中，附近的人精们都在这里读书。

　　香莲家就住镇里，上学倒是方便，就连她在学校的一举一动，她母亲也查得方便。香莲自从记事时就跟着妈，没听说自己的身世有什么怪异，可母亲为啥对自己如此残毒呢？不知从何时起，香莲开始胆小起来，尤其母亲在眼前，她就会感到如坐针毡。记得是上初二的一天，有个男同学赠给了她一张生日卡，回到家给母亲看见了，母亲就瞪着眼骂她："不要脸！"

　　香莲的心被扎伤了，从此，她再也不向母亲撒娇了；而也不隔老远就喊妈了……母亲不许她跟男孩子讲话，常常尾随在她身后监视行踪。有时，母亲还偷看女儿的日记，看完了就骂她下贱。香莲有泪却不敢哭，香莲有苦却说不出口。因为，那个恶人就是自己的母亲。

　　她喜欢唱歌，母亲不许她参加演出；她喜欢运动，母亲不许她打球；她喜欢照镜子，母亲不许她穿裙子和高跟鞋；她喜欢美术，母亲不许她买画具……一次过元旦，班主任领着同学们一起联欢，可母亲却把她锁在家里，骂她："就知道心野，这么大个姑娘家，怎么能跟那些男孩子跳舞，现在的男孩子个个坏了心肝。"

　　她不能去参加了，躲在屋角偷偷地抹泪。一本英语书掩住半张脸，书被泪淋了个湿。

　　湘西这地方难得下场雪，雪来了竟把全校学生乐个半死。千余人都跑出来在操场上打起雪仗，不分是男是女，不管认不认识，反正乱打，痛快极了。香莲闪身躲过一个飞来的雪团儿，不料却把身后一个高高大大的男同学撞翻在地。好奇怪，小女生怎么会把大男生撞倒？见那男生手出了血，香莲赶紧道歉，并陪他来到了校医室。

晚自习的时候，香莲书桌里突然钻出一封信，署名是：一个在雪仗中相识的男孩。以后，每天香莲都能收到一封信。她好害怕，怕的不是那男孩会怎么样，而是怕自己的母亲会怎么样。于是，收到一封信她就撕碎一封。她想去告诉那男生不要这样，却不知他叫什么名字。一天，男孩子竟在班级门口把信递给了她，香莲那样子好无助，好恐慌。

老师知道后告诉了她的母亲，那女人马上跑到学校当着所有同学的面儿，把香莲和那个男孩子骂了个透。香莲的心碎了……回到家，母亲整天骂个没够："考不上大学，就滚出去，我可不能养个没出息的白吃饭。"

香莲恨不得马上就离开家，飞得越远越好。她唯一的希望就是考出去，否则自己不被逼疯就得被逼死。她不怕死，死对于她来说是很幸福的。一个女孩背上了过重的负荷，她每天精神恍惚，心事重重，体重一下子降了十多斤。

男孩子不再给她添烦了，只当面匆匆地对她说："我叫克，希望你别忘了我。"他告诉她，她是全校最美最可爱的女孩，那天雪仗是他故意站在她身后让她撞倒的。

香莲有时也想克，那男孩不坏，对自己一片真诚，看他眼睛里的光就会明白。

高考那三天，香莲怕极了，如果考不上，自己就得被母亲赶走，她感到自己没答好试卷，思想总溜号，水平只发挥出一大半儿。

剩下的日子就是等待发榜了，母亲的脸香莲更不敢看了，她感到活得好累、好苦、好绝望。离发榜的日子越近，她就越感到心惊肉跳，仿佛觉得厄运即将来临，冥冥之中有一个神灵在呼唤着自己。就在发榜的前一天早上，香莲摘来了许多花，编成了一只花环，戴在头上，然后吞下了整整30颗安眠丸。

香莲死了，静静地死在临发榜的前一天，她仅仅才只有17岁呵！发榜了，香莲榜上有名，远远地超过了大学录取的分数线。古镇骚动了……

香莲的母亲气得发疯，她说从来没养过这么个女儿。香莲的尸体停在学校里两天了，没有人管。

　　第三天一早，人们发现香莲的尸体不见了，家人到处找也找不到。渐渐地，人们把香莲就淡忘了，等古镇的骚动平息了下来，人们又发现一个叫克的男孩子失踪了……

载于《天池小小说》

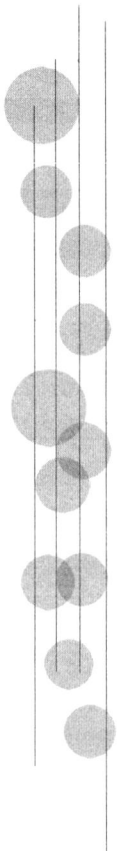

漂亮女孩陆小双

陆小双是一位靓女孩，她爱美，好打扮，模样非常媚气。来报到的那天，把我们办公室里的小伙子们都给震了，刘主任领她挨屋逐人介绍了一遍，我才知道她是从南方一所重点大学分配来的。

出于对美的偏爱，我也很注意打量小双，打量是男人对女人的欣赏，小双似上帝赐予大自然的珍贵礼物，每一次打量，我都得到一种艺术的陶醉和慰藉。像我这样以一种纯洁的欣赏为目的的打量小双的男孩子有好多，但也有另一种目光在打量窥视着小双，像草原上伏在野草丛里的狮子打量着慢慢走近的羚羊。杨欣他们就是这号人，他们不怀好意的眼神时时都留在小双的乳房上、臀部上。

小双在我的隔壁办公，那屋算她一共四个人，一个主人，还有两个大脑袋科员。那屋从前很冷清，小双的到来使局面大有改观。男人们连老头子们满算，大家有事没事都爱往这屋凑合。

在我的印象中，小双姑娘是个正派的女孩，刚来的时候杨欣就狂热地追求她，给她送花，开着他父亲的公车等着接她。各种诱饵一齐伸向小双，可小双始终像一位高傲的公主，不理睬任何方式的侵扰。杨欣追不到，就在背后恶言恶语地骂，他的那几个哥儿们也取笑他，说这回的"鱼"——不咬钩。

工程师叶天修 35 岁了，妻子跟他离异 5 年，他一个人领着 8 岁的女儿生活。每天中午，叶工都把女儿从学校接回来，一起在单位食堂吃饭。小双格外喜欢那小小的女孩，经常牵着她在楼外花园里捉蜻蜓逮蝴蝶，还给她买花花绿绿的糖果、红裙子和发卡。时间长了，叶工与小双也熟悉起来。午休时天热，小双很少外出逛街，常常在叶工的办公室与这父女俩玩耍，谈笑风生。凭着一种特殊的敏感，我看得出小双与叶工之间

有"戏"要唱，不过我没有对任何人说起。

别人也不比我迟钝。一些关心小双的人或以朋友或同事或以长辈的姿态，语重心长地告诫她："选择朋友要慎重，要互相了解，不可以感情用事。"也有人有心无心地说起叶天修的人品、缺点，几乎就不可救药了。陆小双一边听，一边微笑，从来不插嘴，似乎与自己无关。

杨大姐悄悄地把小双拉到一旁，对她说："小双，大姐替你介绍一个……"

"不用您费心了，杨姐，我已经有对象了。"陆小双轻松地说。

"是谁?"

"现在得保密。"小双一笑，走开了。

在众目睽睽之下，小双的秘密没能保上几天，人们都知道了，这么漂亮的女孩暗地里在跟叶天修热恋。顷刻间，大家对陆小双的好印象随云烟散去。许多人替她惋惜，水灵灵的姑娘非要跟一个离过婚的男人，年龄又差异甚大，何苦！也有一帮人怀恨在心，杨欣领着几个人暗处盯梢，寻找着报复的机会。

有一天，我在大院里遇见小双，她向我甜甜地一笑，然后打招呼："嗨，赏花么? 这么有兴致。"

我指着一朵鲜艳的花对她说："你看，美丽的花儿谁都喜爱，谁都想摘，但最后能摘到的只属于一只幸运的手。"

"真会绕圈子。"小双明亮的眸子向我忽闪了几下。

"叶工程师人不错，真诚、率直、富有进取心。"

她痴痴地笑，捂嘴。

"我很欣赏你的性格，敢走自己的路，不受外界干扰，只要是自己喜欢做的事，就不怕别人说三道四。"

一张美丽的脸忽然消失了蕴藏着的那种女性的娇羞："不，我害怕，真的好害怕，可为了感情，我又无法放弃……"

我无言，她也无言。

后来，我就被单位派到京城一所大学进修去了，我很长时间没有见到小双。半年后，我放假回来，到单位听到的头一件重大新闻就是陆小双自杀了。她服了大量的安眠药，死在单身宿舍里面。听说临死前，她是精心把自己打扮了一番的，头插香花，俨然一位出嫁的新娘子，死后依然那般动人。

小双的自杀内幕大多数人都不清楚，只知道是与叶工的恋爱有关。说叶工强迫占有了小双，这样，叶天修便被千夫所指了。很快，他被停职，接受审查。我的隔壁又冷清起来，过去常往这来乱窜的男人们不见了踪影。

一天午休，杨欣那帮人在打牌，不知是谁提到了小双，杨欣眉飞色舞地说道："真的，你说怪不？那天晚上咱们去叶工家里捉奸，那小双真的什么也没穿，连乳罩也没戴，叶工这家伙竟然忘了锁上门……"

我的身体像被毒蛇咬了一口，扔下笔，愣愣地望着那帮人，泪慢慢地流了下来，我终于明白小双是为什么而自杀的了。

很久很久以后，人们忘却了小双。

很久很久以后，人们又回想起了小双。

当人们又回忆起小双的时候，就有人说："小双这姑娘其实也是不错的，唯一的缺点就是心眼儿太小，想不开……这种事在今天算个啥？"

"听说小双和叶工都快领结婚证了，介绍信都开了。"

"天修这人也不错，就是命太苦，如今还是一个人。小双若活着，他俩也该有一个很不错的家了。"

人们纷纷点头。

载于《深圳青年》

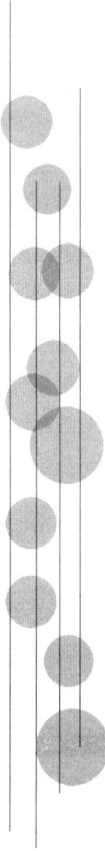

街上盛开裙子花

夏天翩翩地来了，裙子花满街鲜艳地开了。女孩子是最珍爱这个季节的，因为这个季节是她们向世界、向所有的目光展览青春和美丽的最好时刻。

菲菲是个很魅气的女孩，她的衣箱里整整齐齐地叠着许多裙子，有母亲给她做的格裙，有舅舅从国外给她带回来的洋裙，有男朋友送的筒裙……足有十多件。可她从来不敢穿出去，只是在家里美美而已。

她羡慕别的女孩，到了夏天就象一只只漂亮的蝴蝶。如果自己的腿再细一圈儿，如果自己的腿肚儿再瘦一点……就凭这张脸蛋，哪个女孩敢比？菲菲穿了一条裙裤，远看像是长裙，实际上是裤子，裙裤一直可以盖到小腿。

逛街是女孩子共同的嗜好，兜里不揣一分钱也可以逛它一个上午。菲菲出汗了，她抱怨着，假如裤口像裙口那样大，风就会吹进来。她多么希望自己能穿上裙子在大街上走它几个来回啊！出于一种嫉妒，她敏感地注意身边经过的每一个穿裙子的姑娘，看她们的腿是不是也有跟自己一般粗的……找呵，找呵，结果令人失望。

腿，一条条修长而光润的腿在裙裾下摆动，优雅而诱人。忽然，一双白皙且粗胖的腿走进了菲菲的目光里，她一阵激动，心里怦怦直跳。可一看这女人的上半身，不禁泄了气，这女人是四十多岁的胖太太。

再往前走，菲菲又发现一位高个的披肩发女人。女人身材高大，腿粗腰阔，穿着一件牛仔短裤，屁股绷得巴巴紧。菲菲又兴奋起来，尾随那女人好长时间，看人家腿粗咋不难看呢？跟到街头，前面的女人似有察觉，回头一看，把菲菲吓得半死，那张脸长满了又黑又密的连鬓络腮胡子……

女友雯雯来玩,对菲菲说:"把你的粗腿给我多好。"

菲菲以为她故意挖苦自己,就不高兴地说:"人家本来就为它不开心,你还取笑,算什么好朋友哇!"

雯雯嘻嘻地笑:"傻瓜,谁跟你开玩笑呀,自从电视台播出台湾那个电视剧,女主角就是个粗腿的女孩子,她穿裙子时要多漂亮有多漂亮,要多迷人有多迷人,现在女孩子们都时兴粗腿肚儿!昨天我还跟她们到练功房练腿了呢。"

"真的么?"

"男孩子都管我这样的细腿叫狼腿。"

菲菲终于穿上一条美丽的裙子上街了,在街上她成了所有目光的焦点。人们的眼睛并不是看她的裙子,而是看她那一双健美、粗壮的小腿……

载于《另类》

石像与小女孩

孤寂了多少年，石像好冷寂。

生活像一泻千里的河流，一去而不复返。残存在人们脑海里的记忆，随着时光的流逝，渐渐地朦胧了、模糊了。芸芸大众依然爱哭爱笑，敢狠敢爱，忽冷忽热，且喜且忧……

暑天，燥热。

石像周围再也看不到红袖标、绿军装、标牌语。一切变得的真快啊，像是昨夜，如过眼云烟。说不准这石像是哪年建造的，反正自打我记事的时候，就有它。

它庄严地伫立在博物馆前绿草如茵的广场上，脸上依旧挂着慈祥、亲切的笑容。经历了多少个严寒酷暑的洗礼，它身上那层厚厚的金粉已经褪色、斑驳。它默默地伫立着，一言不发，似乎继续像世界证明着它的伟岸和博大。

清晨，许多老年人在这里练猴拳，跳中老年迪斯科；黄昏，许多人围聚在这里对弈、争上游、唱几段《打渔杀家》……中午，足球队员们精神抖擞地绕着石像跑来跑去，练到汗流浃背时，索性赤膊上阵，一件件浸饱汗水的运动衫都搭在石像身上，像贴上一张张大膏药。

天蓝幽幽的，空中盘旋着一大群灰鸽子，抖动着翅膀，鸣叫着、戏逐着。这些曾被誉为和平使者的小精灵们，显得颇不安分，脾气更是喜怒无常。高兴时，就扑棱棱地一齐飞入天空；不高兴就落在石像的头上、肩上、手上，咕咕、咕咕地叫着，互相叨啄、互相扑打。

距石像左侧百米处，过客匆匆，热闹非常。烟摊、瓜果摊、凉粉摊、绿豆粥摊……连成一片，生意很兴隆。距石像右侧百米处，新修了两只石熊猫，无论远处近处，均可达到以假乱真的程度。几位个体照相者，为了争夺一个最佳角度，竟动了拳头。

偌大广场，只有石像孤零零地在中央伫立着。它似乎在沉思，在默默地凝视着、期盼着什么……

偶尔也有几对热恋的情侣光顾，旁若无人地在石像脚下亲吻、依偎、喁喁地私语，石像俨然是他们的保护神。情绪激动时，男青年还会捡起一枚粉笔头，在石像上抹上"我爱你"、"吻你心"之类的句子，让人见了嫉妒得眼蓝。再就是一些放学进不去家门的小学生，几个人凑在一起，趴在石阶上，一丝不苟地写作业，倒也游哉游哉。

在观念变革的今天，石像已经不能再是左右人们的行为了。一个曾经闪光的火花，经过频繁的明灭之后，留给人们的永恒、清晰的亮点。

空气热的使人窒息，不知什么时候，天上聚集起密密的云。很快，下起了大雨。这雨，下得急、下得骤，不留一点情面。附近的路人来不及躲雨，便蜷缩在石像后长吁短叹。

忽然，人们发现远处一个穿着红裙子的小女孩，冲开雨帘，朝着石像这里蹒跚地跑了过来。小女孩大约五、六岁，手里举了一件绿色的小雨衣。她跑上台阶，险些给石块绊倒。小女孩认真地把小雨衣往石像上披，可惜，石像太大啦，她的小雨衣只能盖住石像的一只脚。

"小姑娘，快穿上雨衣，不然会被淋病的。"有人在喊。

"不！"小女孩的身上早已湿透了，她紧咬了发紫的嘴唇，抖抖地说，"我要把雨衣，给，给这位石头爷爷穿，妈妈告诉我，爷爷是个非常伟大的人。我吃的糕和糖，穿的衣和鞋，都是爷爷给的。我想，可不能让他淋病了……"

大雨哗哗地下个不停，雨珠儿顺着石像的眼角簌簌的流淌……

载于《湖州日报》

孽 缘

　　鲁西地区的农民们已经不知穷了多少代了，年轻的女娃们都清楚，嫁出去才能过上好日子。这里，三十多岁娶不上媳妇的男人像草一样多，时常发生用钱在人贩子手里买女人或以女儿换媳妇儿的悲剧。愚昧、贫穷的人们世世代代在这里播种着辛劳，却年复一年收获着贫穷。黄月亮顶在头顶上，人们一辈辈地唱着同一首古老而悲凉的歌谣！

　　黄庄黄大宝家有一闺女，名儿叫黄妮，妙龄十八，生得跟城里姑娘一样灵秀。大宝与妻子桂花早就商量好了，准备把闺女许给城里韩铁匠的小儿子，那娃子是工厂里的大工人，一月能挣十几张大票子呢！

　　这天，黄大宝从城里回到家，就跟女儿吵了一架，为的正是闺女的婚事。桂花从棉花地里回来得很晚，一进屋就见丈夫躺在炕上，蒙着头呼呼地喘气。

　　"娘，俺要嫁哩！"黄妮对母亲说。

　　"嫁给哪个？"桂花问。

　　"是郭店屯的张景。"

　　"啥样人？多大？你咋认得的？"母亲追问。

　　黄妮咬了咬嘴唇说："他在包工队当工头，不穷，今年四十一岁。俺一见他就喜欢上了……"

　　"放屁。"大宝霍地从炕上坐起："他比你娘还大一岁呐，你想给老黄家丢人现眼咋的？"

　　"人家胆别林斯基都说了，爱情是不该有年龄界限的。"黄妮争辩着。

　　大宝拍着桌子："别听那个司机骗人，开汽车的花花肠子最多，没准儿是在害你。"

　　"妮子，听娘话。别找那郭店屯的人家，那里又穷又苦，你会受一辈

子的罪的。"桂花说完，眼睛红了。

"娘哩，俺就爱那张景已经铁心了。就是他将来要饭，女儿就给他提筐，若他变成了瞎子，女儿就给他挂拐棍儿……"

"你这下贱的东西，敢嫁看俺打断你的腿筋，让你永远嫁不出家门。"大宝气炸了肺，抓起衣服就走了出去。

黄妮搂住娘，呜呜地哭个不停。

桂花很同情女儿，望着在怀里哭泣的闺女，不禁又想起了自己那悲伤的过去……桂花当年与女儿这个年龄的时候，便跟外屯青年张大春自由恋爱，可却遭到了父母的坚决反对，结果把这对情人硬给拆散了，就因为大春家贫穷。

大春一气之下，便远走他乡，从此没了音讯。后来，桂花爹娘把桂花嫁给了家里有两匹牲口的大宝。转眼间就过去了二十年，桂花对大宝没有感情，至今仍在心里怀念着大春，可命运既然这样安排了，她就只好跟大宝厮守这一生了。

不久，黄妮便离家私奔了，并且还去乡里开了一张结婚介绍信。大宝气得半死，四处寻找也找不到。桂花整天默默地流泪，女大不由娘呵！

黄妮跟张景结婚了，老夫少妻恩恩爱爱，如胶似漆。一年之后，便生下了小黄妮。等女儿长到两岁，夫妻俩便领着孩子回到了黄家。

当女婿张景站在岳父岳母的面前时，桂花大吃一惊，这个张景怎么就是当年自己的恋人张大春呢……

鲁西的天空中，又挂出了一轮黄月亮。地里的红高粱和棉花朵儿被风吹得沙沙作响，从远处的庄子里又传出了那首古老而悲凉的歌谣。

载于《天池小小说》

月亮谷

月亮谷内百余户千余人，亲戚却套成了圈儿。并非这里的男女喜欢近亲联姻，怨就怨外村的彩凤嫌这里树秃，不肯登枝。没辙，各家户主只好以女换女，为男娃们娶回一个能在被窝里暖脚的媳妇儿。

谷顺儿家跟俊巧家都住在坡上，房山贴着房山，院子没有间墙，过得像一家人。谷顺爹与俊巧爹在年轻时一起出民工，在运河岸上共过患难，回来后拜了把子。谷顺爹有一手好木匠活儿，在谷顺儿12岁那年外出卖手艺，一去不回，不知是死是活。谷顺娘刚强，一个人扛锄下地，硬是把几个娃拉扯大了。

俊巧比妹妹俊雅大九岁，小时整天跟着谷顺哥去赶羊。不知啥时，俊巧的胸脯鼓溜起来，屁股也圆得耐看。女儿大了，俊巧爹便在两院中砌起一道泥坯墙，用意是明显的，从此，谷顺儿下地便落了单儿。谷顺儿人老实，不善言语，有事也爱在心里憋着，每天从地里回来，他都悄悄地往俊巧家望上一阵子。

"顺哥，跳过来呀，俺给你拿豆包吃。"

"俺……怕你爹。"

"他不在家哩，一早儿就赶集去了。"

"那，那俺咋过？"

"跳呗。"

谷顺儿跳过去，他强壮的身体把墙压得直摇晃。屋里真没人，俊巧端来豆包看着他吃。

"顺哥，俺想死你了。"她偎在他怀里，"你托人向俺爹求亲吧。"

"你爹不会应。"

"俺不管，反正俺心是你的，俺这身也是你的。"

谷顺儿叹了口气："谁让俺爹不在家，怪俺……无福气。"

他俩搂抱成一团蹲在炕上说着情话，不知不觉中日落西山了，赶集回来的俊巧爹进屋，正看个真切，气得脸煞白，抄起扁担打得谷顺儿抱头鼠窜，嘴还骂："癞哈蟆也想占天鹅，你休做美梦。"

俊巧哭红了眼，因为她爹把她许给了谷东头的陈猫，陈猫家是月亮谷里最富的，肯出三千元财礼。谷顺儿心里难过极了，但他却没有办法挡阻陈家的花轿把俊巧抬走。

割秋的一天，谷顺儿在自家的高粱地里挥镰，忽然听见高粱棵子里有个女人在叫他："顺哥，顺哥，是俺呀。"

他扔下镰刀，钻进去一找，见是俊巧。

"巧子，你咋在这儿？"

"俺等你一头晌哩。"

"有事？"

"嗯，不，没事。俺想你，就来了。"

谷顺儿心里酸溜溜的，低头问她："陈猫待你好么？"

"好。"

"顺哥，俺对不住你，俺恨死爹了。"

"他是为你好。"

俊巧扑进他怀里，抽噎起来。他俩坐在垄沟里，谷顺儿折甜秆儿，用嘴嗑去皮，递给她吃。

"顺哥，你亲亲俺。"俊巧扬起脸，求他。

他吻了吻她的脸。

"不，亲俺嘴儿。"她的脸红腾腾的。

厚嘴唇与红嘴唇压在了一起。

"陈猫也会亲？"

"俺讨厌他亲，他的嘴不像你的嘴暖。"

"以后别来找俺了，免得让人讲闲。"

"俺不怕，陈猫问俺有没有跟你做过那事，俺都说有。"

"啥？"谷顺儿的脸发了烧，"咱俩啥日子做过那种事？"

"就是有的，在梦里嘛。"俊巧撒起娇，"俺做梦都想跟你哩，每次陈猫……俺都会以为是你呢！"

"别说你们的丑。俺不听。"谷顺儿眼里滚出了泪。

"陈猫有钱能买俺人却买不去俺的心，俺是你的人，你随意做吧，只要你高兴。"俊巧躺在垄沟里，动手解裤子……

他捂住脸不敢看，嘴里急忙说："别这样，巧子，你想杀了俺么？"

"俺只想怀上个你的根，才心静。"

"不，俺不做对不住陈猫的事。"

"他都能把俺从你手里抢走，你干嘛还为他想？"俊巧生气地说。

"巧子，你知道，俺家祖祖辈辈都没做过亏良心的事，你让俺坏了家风吗？"

"窝囊废，活该让你打光棍儿。"她从布兜里掏出一件毛衣扔给他，"穿上吧，是俺给你打的。"

"俺不要，种地人穿不出。"

"不穿就拿回家当柴火烧。"俊巧赌气走了。

谷顺儿回到家便穿上了，感觉到暖烘烘的。

歇冬的日子，天天闲着。

一天，谷顺爹突然奇迹般地回来了，还带回很多很多钱。原来他南下去谋生，因手艺好，被南方一家木工家具厂招为大师傅。他不识字，也没托人写家信，一心攒钱，不攒个万元户不回家。

月亮谷震动了，不少人都来他家套近乎。

俊巧爹开始拆墙了。见谷顺儿从门里出来，便满脸堆笑地喊他："顺子，大叔跟你商量件事。"

"啥？"谷顺儿慢腾腾地走过来。

"你要喜欢大叔的女儿，就把俊雅给你做媳妇儿咋样？"

谷顺儿不吭气，脸都被憋红了。

"你愿意不？倒是说句话呀。"

"让俺……说啥？"

"你想说啥就说啥，大叔不会怪。"

谷顺儿一双愤恨的眼睛像喷了火："俺，俺日你娘！"

载于《青年作家》，《小小说选刊》转载

牛娃和狗娃

离月亮谷 15 公里有个牛家庄，庄里人没见过电灯，以为会发光的玻璃球，不是妖怪就是鬼火。桂树下住着一对兄弟，哥哥牛娃是个 30 岁的侏儒，但心计颇多，弟弟狗娃生得膀宽腰圆，浑身有使不完的傻力气。父母前年相继世故，留下了兄弟俩相依为命，好在弟兄俩都已长大成人，对生活的希望并不太高，所以活的还不算艰难。

房里朝北一埔大炕，每个晚上，炕头炕梢都做着关于女人的梦。

早起，狗娃把怀里的枕头扔到一边，坐起身来说："咱哥，王婆子家又弄回两个女娃，俺偷看过，模样可俊呢！"

"哪里的？"

"听说是东北的哩。"

牛娃不吭声了，一双小眼睛地瞧着狗娃，想了半天才说："要不先买回一个来？"

"没个女人，哪像个家呀！"狗娃抱怨着。

"娘才给咱留下 500 块钱，王婆子说少不掉两千的。"牛娃叹了口气，点着了纸烟。

"把耕牛卖了吧，还有一副犁。"

"不中，牛和犁没了，开春儿如何翻地？"牛娃摇头。

"有了婆娘，俺就用锹翻地也有劲。这么俊的东北女娃才两千，划算。咱取个鲁西的女娃，没四千五千的就甭想好事了。"狗娃又凑到牛娃耳边，小声说，"听说近儿风声紧，过后女人一准抬价。"

牛娃点头，但又有些忧虑地说："怕这城里女娃鬼精，咱养不住……"

"莫有事，咱俩汉子还守不住一个女人？"

"那好，你把牛牵到集上去，记住这是耕牛，别当肉牛卖。我马上去

王婆子家领人。"牛娃终于下了决心。

晚上，牛娃和狗娃把一个十七、八的姑娘领回了屋里。姑娘生的白白净净的，两眼哭得红肿，进屋就给他俩跪下了。

"两位大叔，放我回家吧。我是被人骗到这里来的……"

两个渴望女人已久的汉子哪里肯听这些，这时早已把房门锁严，并用杠子支顶。可面对这少女，他俩有点犯难了。

"咱哥，你要了吧，俺年纪小日后再说。"狗娃开始谦让了。

"不，日后哪有钱再买？"牛娃也在让，"俺这多年都熬过了，不在乎这，你要了吧。"

让了半天，也没有让出个结果。这对兄弟感情笃深，从小一只桃子都让来让去，最后不得不一人啃上一半。

"要不，一人一半，反正咱是亲手足，不讲究。"狗娃说。

"也好，这样咱兄弟俩就更亲。"牛娃同意了。

"大叔，不能这样了呵！我还没长大呢，您放了我吧，我家有钱，我保证把钱给您送回来。"姑娘满脸泪水，苦苦哀求。

"咱弟，你有力气，你先用。"牛娃递眼色说，他俩便把姑娘拖到了炕上，粗暴的扒光了她的衣服。

姑娘拼命地挣扎，乱蹬乱咬。

牛娃急了，一顿巴掌打得姑娘眼冒金星。

"快吹灯，还愣个啥？"牛娃一边按着姑娘一边呵斥狗娃，"狠狠用，别便宜了她，你用的是咱家的耕牛……"

姑娘撕心裂肺的哭喊从这个荒凉死寂的庄子上空渐渐地消失了。黑夜，没有月亮，秋风瑟瑟，偶尔传来几声犬吠，似乎证明这里还住了人家。

天亮了，东方又是一片红霞。姑娘静静地蜷缩在大炕中间，喉咙哑了，泪留干了。下身处的褥子上流了一大片猩红的鲜血。牛娃和狗娃极满足地睡在她的两边，她想爬起来逃走，可身子没有一点力气。她又想起了温馨的家，想起邻里的姐妹们，又想起昨夜两个汉子牛一样轮番的蹂躏……真是一场噩梦呵！她痛苦地闭紧了眼睛。

牛娃和狗娃得了个媳妇儿，别提有多美了，对她守得极紧，就连她上厕所也得用一个人跟着。临村一家用2500元买来的媳妇儿就是利用上

厕所的空儿逃跑的。

日子就这样缓慢地踱着脚步，她怀孕了，却不知是哪个种下的孽。转眼三年过去了，她给牛娃和狗娃生了两个孩子。自打有了这两个小娃，她那种强烈地想逃回家的愿望逐渐散去，她没脸回家去见父母、亲人和同学们，索性认命了，在这里不声不响地混一辈子吧，好在两个男人非常疼她，有点好吃的谁也舍不得吃，都给了她。

有一天，一位好心的村干部趁牛娃和狗娃下了地，跑来告诉她，说她家乡的公安干警来营救他来了，让她收拾一下马上跟他们走。

她的心剧烈地跳起来，连忙收拾起东西。可当她一看到炕上的两个孩子，不禁又停下了："大叔，我走了，留下他们可怎么活啊？"

"你可要想好，机会错过了没有后悔药了。"村干部语重心长地说。

这时，房外响起了急促的脚步声。原来牛娃和狗娃在地里听人说昨晚月亮谷来了营救拐卖妇女的警察，便发了疯似的往家里跑……

载于《小小说作家》

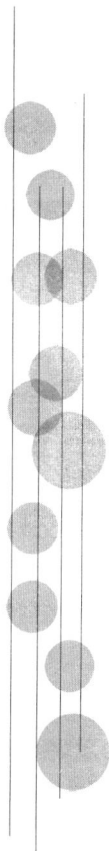

日 子

　　落秋的村口，小路的石子被驴蹄踢得很响，隐约还能听见驴背驮着木桶撞响的水声。人们习惯在晚上到河边取水，因为夜间很少有人淌河，水清。

　　银角在麦地里被毒日晒了一天，后背火辣辣的，像千百个蚊虫一齐扑咬。他一头栽在炕上便不愿动，女人凑过来，用嘴唇温柔地揉搓着他的脊背。

　　"她爹，炕坯该换了，站急了都酥，西屋珍珠住的那炕塌了好几处。"

　　银角喘着粗气，他寻思着什么时候能把这泥坯炕换成红砖炕，这日子才算透亮了啊！

　　一阵狗叫，窗前悉悉窣窣地响，一条壮汉的黑影跃上窗纸。

　　"角兄弟，我是二顺，开开门呗。"黑影压着嗓子叫。

　　"都睡稳啦！"银角没好气地扔出一句。

　　"俺给你送酒来了……"

　　"么酒？上次拿来的还叫白兰地，苦巴唧唧的，咱庄稼人可呷不惯这。"

　　"这回是天府特酿，特惬口，保你叫好。"二顺把酒瓶掂在手里晃着。

　　银角披衣下地，划亮了油灯，给二顺打开门："俺后午下河沿拖炕坯，你得来帮帮手。"

　　"那没说的。"二顺连连点头，把酒瓶往银角怀里一塞，急急地溜进屋去。

　　屋内，一阵脱衣的声响过后，油灯便被人噗地吹灭了。

　　银角守在院子里，拧开酒盖，嘴对酒瓶咕嘟了两口，酒味果然不错。

二顺这小子家里有女人不守，偏喜欢搞别人家的娘们，犯的是哪口累呢？女人就是女人，生完了娃儿就可以撒手了，如果还能给自己挣口酒喝，倒也是很划算的事。银角想：谁让二顺家富呢？人家连自行车都备上了。

等二顺提着裤子从屋里出来，银角已经把酒喝了半瓶。

"可做得舒服？"银角问。

"那还用说，咱弟媳的身子可真软活。"

"没做几个花活？"银角嬉笑着又问。

"做过做过。你快回屋歇闲，后午俺一早就去河滩帮你。"二顺喜洋洋地走了。

做泥坯那天，两个男人在河滩上干了一天，割草、担水、搅泥……做了个足。晚饭在银角家吃，女人给烙了几张麦面葱饼。天大黑时，二顺还不肯走，银角明白他想个啥，就把他往自己屋里一推，不料二顺却拉住他，谄媚在笑着说："能不能……让俺，进西屋……"

"日你狗娘。"银角生气地骂，"珍珍那娃才上初一，咋能做这？"

"不白做，做完事俺给你赶来一头母猪咋样？"二顺厚着脸不走。

银角心活了，挠挠后脑勺："只是……怕俺闺女不随你。"

"好办，好办……"二顺连忙说，"俺瞧珍珠这妮身子瘦单，俺做她一准儿能吹起来。"

"那母猪俺可要二百斤以上的哩！少一斤俺也不干。"

"行，都随你。"二顺用耳朵伏在西屋门上听着，见没有动静，就对银角说，"珍珠睡了，俺要进去啦。"

银角挥挥手："去，去，你当心别弄疼她，孩子小没受过这个。"

二顺没等银角说完，猫一样钻进了西屋，用铁拴别住了门，随后，便传出少女的惊叫声，院子里的小黄也汪汪个不停。

银角赶紧把西屋子关严，扭过脸对那狗狠狠地骂："吼你娘个疤。"

小黄狗挨了骂，乖乖地躲回了窝边，西屋里的人还在哭闹，不过声音已经很微弱了。银角回到自己屋里，灯也不点，倒在炕上眨眼。

"闺女在西屋哭个啥？"女人想下地去看看。

"二顺在里面，你莫管。"银角一把拽住女人，就往身下压。

女人搂紧了男人厚厚的背，小声说："二顺是个鬼畜牲。"

银角伏在女人耳朵说："不要紧，等咱也富起来，俺也去睡别人家的女人。"

"拿啥做富？"女人忧愁地说，"除非你把俺卖了。"

银角信心十足地说："明天你开始学养猪吧。"

月亮一会儿躲进云层，一会儿又露出一张苍白的圆脸。屋子里忽明忽暗，人却在半睡半醒。随着西屋的门轴吱吱呀呀地响过，一个黑影溜出来，溜进了夜的岑寂里。只有几声有气无力的狗叫，追遂着被黑夜掩映掉的影子……

夜深了，乡村的夜显得格外静谧。女人失眠了，她用被子蒙住头，捂住耳朵。她不敢听，西屋女儿凄凄的哭啼声和身边丈夫酣睡的呼噜声在静夜里显得格外刺耳。

载于《小说月刊》

换 妻

谷地口的场子上，两个男人一个站，一个蹲，毒太阳烤着黑黝黝的膀子，一碰都能揩出油来。疤脸抹了抹脸上的汗："中不中，快放个响儿。"

"只怕俺媳妇不乐意跟你。"双喜仍蹲在场子上夯地。

"男人高兴做的事，还怕女人作梗不成？剥光了她，一根竹条子，没有女人能挺得过。"疤脸用脚在双喜面前的地上，蹬了一道辙。

他猛地站起身，就朝家走，头也不回，背后传来疤脸那焦急却无可奈何的声音："那你回去再琢磨琢磨，想通了再来找俺。"

走进秃头林，一丝风钻进张着嘴儿的汗毛孔里，他顿觉一阵清爽，像自己女人温馨的唇吻。方才咋那么胸闷？仿佛一团淤血塞在喉咙里，映着天空红灿灿的。双喜从地里撸了一把向日葵根处的枯叶，在手心里揉碎，选些细末儿点上一只旱烟，点着后狠狠地吸。抽这东西不花钱，抽惯了也顶烟。他感到孤独极了，爹若活着这日子绝不会这么难。

爹那会儿是队长，村里哪家不敬着，那年上边破天荒给了一个当兵的名额，村里的后生们都红了眼，最后还是他去了。人们心里不服，他爹不当队长能排到他？也有人在和稀泥，没有队长，那名额能落到咱地方？别眼这气！

都说穷这个根儿遗传，谷地这片方圆几百里的人家都是穷的亲戚。双喜在江南当兵吃军粮，四年后居然还挂回来一个当地的漂亮妞。妞叫小爽，把白嫩的身子献给双喜那年才17岁，在部队里偷着好了一年，复员后就把她领回了家。结婚那天真叫红火，全村整整热闹了三天，老少爷们都跑来讨喝喜酒。双喜的复员费就化作了溢香的酒浆流进了村民们的肚子里，又化成了尿，浇在盐涩涩的泥土上。

双喜爹临死前，再三嘱咐儿子，说谷口猴露腚那一块空地风水好，将来有了钱一定要把自己这副骨头葬在那里。双喜是个孝子，他把爹的话牢记在心，爹死后才半年，他就借着债，买下了这块坟地，给老子修了一个十分气派体面的坟茔。这老头子活着当干部，死了也没忘了占块好地去睡，不然如何能闭上眼睛？爹一死，双喜成了个孤儿，好在身边有媳妇小爽相伴，日子过得虽然不富，夫妻俩倒也恩恩爱爱，安居乐业。

过了两年，得了娃儿，双喜感到日子吃紧了，债越欠越多，小爽身子弱，家里劳力不足，收的粮食只够自家吃的。幸亏小爽喂了一窝会下蛋的母鸡，卖了蛋可以贴补一下。

小爽长得娟秀，都知道江南出美女，这话一点不差。谷口内外的男人们都喜欢从双喜家门前这条小路上经过，为的就是能多看一眼院里那远近闻名的俊娘们儿。

双喜的日子不好过，债主讨债跟得紧，可他却没有办法弄到那笔钱。疤脸这几年去偷山弄了不少钱，双喜就朝他借，想先搬东墙补西墙。疤脸早就对小爽垂涎三尺，怎肯错过这个机会。于是，他提出跟双喜换老婆，那笔钱就不用还了。

几天来，双喜愁成了泥像。小爽明白是为了那笔债，钱这东西真是罪恶，一分钱都能憋个汉子憋倒，何况那么多……他小心翼翼地把自己与疤脸商量的事说给了女人，小爽听了，眼泪像泉一样往外涌。双喜知道伤了妻子的心，便安慰她："我没答应他。"

女人拱进他的怀里，沉默了许久，才说："就换了吧！只要你不作难，我在哪儿家都能活。"

"那娃儿咋办？"双喜问。

"你留着，别叫她受屈。"小爽把身上的衣都解开，让他上来，"我不怪你，我的心永远是你的，别忘了我。"

窗外的风好大，小院门被吹得吱吱乱叫，他感到冷，浑身起了鸡皮疙瘩，因为他好像看见趴在小爽身上作践的男人，是公牛一般的疤脸。

又是一个葵花向阳的晴天，双喜闷闷地来到了疤脸家，见疤脸正跟老婆在炕上打滚地哭闹。

"俺，想好了，就那么的吧。"双喜低着头说。

疤脸高兴地从炕上蹦下地，一把拉住双喜的手："当真？"

他点点头："那三百块钱，一个子儿也不能少。"

"还有么？"

"小爽到你家，别忘了给她扯几尺花布，做件新衣服。"

"放心，俺侍候她保证比你周到。"疤脸眼珠一转，又说，"不凑巧，俺现在手头上只有185块。"

"那不成，俺不换了。"双喜转身想走。

"等等，等等。"疤脸赶紧拦住他，"就用俺家两百块瓦顶吧，你不吃亏。"

双喜没办法，只好同意了。疤脸把他老婆从炕上拽下来，指着双喜跟她说："他以后就是你的男人了，你得好好地跟他过。"

这个女人丑得像个母夜叉，听疤脸说完，非但不生气，反而嬉皮笑脸地拧了一下双喜脸蛋："你裤裆里的茄子比他的粗不？"

双喜的胃里直翻腾，想吐，但他咬着嘴唇忍了。

疤脸把钱、瓦和女人都送到了双喜家，很顺利地把小爽领了回来。没等天黑，他就叉门闭户，扒光了小爽身上的衣裤……小爽软软地躺在男人的身下，那满是泥垢的指甲，尖利地嵌进了她的肉里。疤脸亲她，小爽几乎晕厥……她紧紧地闭着眼睛感到浑身都已经麻木了，不敢睁眼，害怕看见一张丑陋的疤脸。

深夜，双喜家和疤脸家同时传出娃儿的哭闹声……

载于《文学月刊》

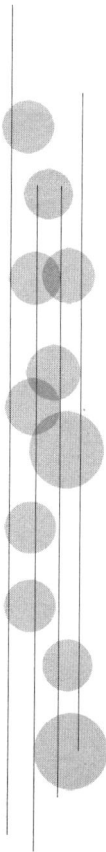

瓜　洲

瓜熟的季节，每块瓜地便拱出个瓜窝棚，一连串的瓜地拼成了一块瓜洲，不知从哪儿来了那么多卡车，一车一车地往城里运瓜。

狗冲家没瓜地，他家地里产的粮食都不够吃，哪有闲地种瓜。可他每年瓜熟时都撑得拉稀，没有人能挡住他去偷瓜。

夏魔家的瓜地年年被劫，只听见有人喊捉，却捉不到贼影，狗冲恨这夏家，一个姑爷当乡长，全家都跟着沾光。

这晚，狗冲又提个布袋潜进夏家瓜地，摘满了袋子，那窝棚里黑黝黝的，不见人喊骂。他觉得蹊跷，因为他每次潜入都弄出声响，引窝棚里的人出来骂，骂个响亮，骂个心痛。想追是一点门也没有，狗冲撒开脚丫子活像匹野豹。今天咋了？他把鼓肚的袋子藏进草丛，猫腰向瓜窝摸去，看窝里人是不是睡着了。

贴近瓜窝棚，便听见里面有人窃语，还有女人的叫春声："魔，别使劲……"

狗冲探脑一望，哇！两个赤条条的男女正叠在一起。女人哼哼，男人压在女人身上……他的脑袋嗡地大了几号，脸上的青筋直跳，血往上蹿……

晚风习习，蛙声喧哗，田野里飘着甜甜的瓜香。

"魔，你打算啥时娶俺，俺可不愿总是偷偷摸摸的。"狗冲听出这是菊花的声音。

"嫂，莫急。"夏魔撩拨着女人那对硕大肥白的奶子。

狗冲早就迷恋着菊花，她刚从外村嫁到这时，是个好灵秀的妮子！可惜过门才一年多，男人上山时被蛇咬了一口，回到家就死在了

炕上。她虽成了寡妇，可脸儿没变，狗冲早就想跟她搭个家过，没想到夏魔这犊子竟有手段，把菊花弄到了手。狗冲心里不服劲儿，自己除了穷，哪儿点比不上夏魔？他三十几岁还混不上媳妇儿，如今的女人都喜欢嫁钱，狗冲曾几次跟菊花提过，都被回绝了。他越想越恨，恨得牙根直痒。

"俺回了。"女人提上裤子往外走。

"等等，俺送送。"夏魔在穿衣。

"别送了，你好好看瓜地吧。"女人摆着腰走了，狗冲的眼睛像喷火的焊枪，尾随而去。

女人刚穿过一片菜畦，一只"野豹子"但从她身后扑上来，将她按倒在地。他粗鲁地撕解着女人的衣裤。女人又瞪又咬，还咬住了他的胳膊。狗冲忍住疼，用手卡住她的脖子，直卡得女人松了口。这办法妙绝，女人不敢闹了，柔顺地听任他摆布。女人用手在他身上摩擦着，乘他不备，从他衣袋里摸去了什么，捏在手心儿里……

第二天，狗冲突然被两带枪的法警锁住拉走了。

开庭那天，站在原告席上的是菊花，站在被告位置上的是狗冲。证据是一只翡翠烟嘴儿，这是狗冲家先人传下来的唯一一件值钱物，全村的人都眼馋过。

法官问他为啥做这丢人事。

他说："俺爱她。"

法官说他犯罪了。

狗冲承认了那晚的事。狗冲说他夏魔做得我咋做不得？要定罪也得算上他。

法官最后判了，狗冲是强奸，坐牢五年。夏魔是爱情，不予追究。狗冲糊涂起来，他不明白。

他被押走了，村里不少人去送他，他的人缘比夏魔好。

过了一年，夏魔从外地弄回来一个如花似玉的大姑娘，热热闹闹地结了婚。从此，瓜洲里再也没有了夏魔的影子，由他弟弟守起了瓜窝棚。

有一天夜里，菊花家窗被人敲响，菊花急忙问是谁，窗外的人压着嗓子说："是俺，夏魔。"

"滚犊子，俺不想再见你。"

"臭婊子，不识抬举。"夏魔骂完，扫兴地回去了。

女人伏在炕上哭得伤心，哭湿了枕头，她怀里紧紧捂着那只翡翠烟嘴儿。

载于《小小说月报》、《小小说作家》

离 婚

他结婚八年了，媳妇挺善良的，日子过得平平静静。

他喜欢搓麻将，几年来经常搓到半夜才不情愿地回家。有时运气好能赢个百八十块钱，有时运气糟还得秃噜回去，输输赢赢之间，日子不算难熬，倒也乐哉游哉。

今晚，他与牌友们在一家酒馆又喝到半夜，直喝得嘴眼蜗斜，头脑昏花才各自作鸟兽散。

他迷迷糊糊地往回走，摸摸口袋，钥匙又没带在身上，这个毛病总是改不掉，可他心里有数，妻会把门给他留着的。多少次他把门砸得咚咚直响，把妻从熟睡中惊醒，抱怨着下地给他开门。后来，妻干脆就不闩门了，他愿意啥时候回来就啥时候回来。

摸上了楼，推开一个单元的门，用不着点灯，每次回来他都爱摸黑，他胡乱地脱光了衣裤爬上了床。床上的女人已经酣睡多时了。照例，他要卧在女人热乎乎的身上折腾一番。女人在睡梦中搂紧了他，使他感到有一股从未经历过的快感。那感受真的跟往日不一样，那黯熟的路段变得十分陌生……他用手摸遍了身下这个女人的全身，光滑、柔软，仿佛是个大姑娘的身子，他在这个温柔、美妙的怀抱里昏昏地睡去。

天快亮的时候，他从半醉的状态中突然醒来，坐起来在黑暗中仔细辨认着身边熟睡的女人，他吓了一身冷汗。床上的女人很年轻，根本不是自己的妻子，再望望屋子里的摆设，怎么不是自己的家？他的心急聚地乱跳，急忙跳下床穿上衣服，溜出了屋。

他明白，一定是自己夜里喝醉了酒走错了人家钻错了被窝。可这家的男主人呢……噢！准跟自己一样，是个夜里喜欢在外玩的家伙。他踽踽地走在街头上，心想，天都亮了才回家，妻又该数落个没完没了，不

如索性去上班吧。

他早早地来到了单位，坐在冰凉的椅子上，心里又害怕又庆幸，庆幸的是昨夜与一个娇滴滴的女人温柔了半夜；害怕的是假如那家男人回来，不把自己揍个半死才怪呢！整整一天，他都心不在焉地胡思乱想。下班时，牌友又来找他玩，他回绝了，今晚可得早点回家。

回到家，他没敢声张。见妻的精神也格外好，吃完了晚饭，连电视也不看了，就张罗要睡觉。他觉得有点奇怪，结婚这么多年，妻从来没有这样主动过。

温柔时分，妻不满地说："今晚你又不中用了，跟你结婚这么多年，就是昨晚我才真正感到了夫妻间的快活……"

"什么，什么？你说昨晚昨的了？"他从妻的身上跃起，打开了灯。

"发啥神经？我说只有昨晚这次才最让我高潮啊。"

"昨晚上有人上你的床了吗？"他的眼睛瞪成了包子。

"怎么你自己做过的事，一天就忘啦？"

"你妈，你这个臭娘们，连是不是你男人也分不出来吗？"他举手就打，"我他妈的昨晚根本就没回家。"

离婚。

一场离婚案悬了半年，仗就打了半年，家里能砸的都碎了，一年后，法院终于给他俩判了离婚。

不久，他又结婚了，女的果然比前妻的身体光润柔软。从此，他下班再也不肯晚归了。他的前妻也嫁人了，男的待她也不错，时时刻刻都伴着她，免去了以前那种提心吊胆的留门之苦……

载于《中国微型小说报》

二哥家的那双男人鞋

那年我 25 岁，正值我人生的黄金时节，经不住经商的诱惑，我也在单位办了停薪留职，跟人一起做起了买卖。

我家邻居的二哥胆儿比熊胆还大。什么事都敢干，经商七年了，现在存折上至少也有 8 位数了。他做服装生意，几个最繁华的商业网点都有他的摊位。他只管开大篷车拉货，半个月跑一次海城，那里有一个小镇，是中国服装的窗口，只要国内外影视里的男女演员穿着的时装一露面，这里的服装行业马上就可以克隆并成批制作出来，行情摸得特别准。二哥喜欢让我帮他，说我一介文人书生，实在好交。

跟二哥倒了一批服装，才两个月，就赚了八千多块。初涉商海的胜利，使我有些昏昏然，便把挣的钱外加自己的两千元都投了进去，可这一次运气坏得很，赔了一半还多。我经商的心思在渐渐被瓦解着。

坐在大篷车里，我一边拼命地抽烟，一边望着车窗外的风景。天近黄昏时，旷野上一群群黑色鸟在树林喳喳哇哇地叫，不知道喜鹊还是乌鸦。一轮斜阳红红地悬浮在树枝上，把树枝压得一颤一颤的。

"跟我干，亏不着你，一个月顶你上班两年。"二哥手握方向盘，眼睛望着前方对我说，"做生意有挣也得有赔，得能赢得起也要能输得起才是。我看那些拿工薪的都是些可怜虫，一个月就那么几百大毛。"

"各有各的好处，挣工资的虽收入低，但生活稳定，没危机感，也算活得逍遥自在。"

"逍遥个卵子，你看谁能跟咱经商的比？这年头钱就是祖宗，别看咱长得粗，广州那么多漂亮小妞还都争着跟咱睡呢……"二哥得意地瞥了我一眼。

车灯亮了，路在卡车的轮子下飞快的远去。我突然发现前边路段上

站着个人影，在不停地挥手。

"操，准是搭车的。"二哥骂了一句，急忙刹车。大篷车戛然停住，顿时腾起滚滚尘灰。

他打开车门，探出脑袋，怒问："干什么？"

拦车的是个年轻女人，约有二十八、九岁，笑嘻嘻地凑过来："大哥，捎个脚吧；天黑了，我不敢走了。"

"没地方。"二哥没好气地说。

"求你了，我坐后边篷子里就行。"女人妩媚地向二哥和我挤眼睛。

二哥心动了："那你咋谢我？"

"随你便呗。"女人已经踏上了卡车的篷子里。

"到哪儿下。"

"张港。"

卡车向前疾驶，夜里10点多钟，二哥停住车，跳了下去，让我接着开。我明白他是到篷子里找那女人好事去了，也不便多说，就开车继续前进。一趟买卖，我虽得了一些钱，但也深深体验了生意人的辛苦。

又开了三个多小时，车到了张港。我停下车，下来到篷后对里面喊："张港到了。"

喊了几声不见回音，这两个莫非睡着了？我爬上去，用手电一照，哇，吓得我心里一翻个，见二哥赤身裸体躺着，脑袋上肿了一个大紫包，还有血污。我的两脚直麻，以为出了人命，刚想跳出去，忽然听见二哥的大鼻孔里发出轻轻的呻吟。我壮壮胆，扶起二哥："二哥，你这是怎么了？"

二哥醒过来，摸了摸肿得很大的脑袋："别提了，这小娘们真够狠的，好事还没做完，就给了我一下，铁一样的东西，我以为脑袋准碎了……"

我找了一块布给他包上了头，我们在车篷里检查一下，发现少了几箱服装。

"操她妈的，这个臭婊子，打了老子不说，还拿走了那么多料子。"二哥恶狠狠地骂。

我扶他上了司机室，心里想：打雁人也有被雁叨瞎眼的时候，这是真理。

卡车开回家，天刚刚放亮。二哥一边敲门一边与我摆手。好半天，门才开，他女人披头散发地钻出来："回来啦!"

"啊！回来了。"

"那脑袋上的包谁给打的呀？"女人抱着胳膊，眯着眼问。

"狗咬的。"

"母狗咬的吧!"

"操，关你屁事，快给我俩做两碗鸡蛋面吃。"

女人把我俩让进屋，便钻进了厨房。二哥打洗脸水时，发现水池里一堆脏碗还没刷，一只碗里装着一大堆鸡骨头。

"你咋吃了这么多鸡？"二哥指着鸡骨问。

"我咋就不能吃？"

"怎么还有酒杯？昨天谁来了？"二哥盯着老婆问。

"没谁来，我一个没意思，就喝了一杯。"女人说完，在往锅里下鸡蛋。

二哥不再问了，进屋让我洗脸。

不一会儿，女人揣来了两碗热气腾腾的鸡蛋面，让我们吃。吃着吃着，二哥从床下拎出一双男人的皮鞋："谁的鞋？"

"前天打牌赢来的。"

"操，赢这熊玩意儿干啥？"二哥生气地把鞋扔出窗外。

屋内床上的被乱乱的，我发现后窗没有插，只是虚掩着。不过这话我没敢告诉二哥。

从那以后，我再也没跟二哥去经商，回到单位乖乖上了班。倒不是害怕搭车女人的铁器，而是害怕二哥家那双男人的鞋!

载于《清明》

檀　变

　　黑子的左眼睑有一块鸡蛋黄大小的胎记。镇里的人都认识他。并非他眼裸有记号好认，而是他的名声太坏，赌博、酗酒、拿刀子捅人、偷东西、搞女人……样样坏事都干，可谓五毒俱全。他曾在"宫"里三进三出，人们像避瘟疫一样躲着他。

　　黑子小时候并不坏，自从父母食物中毒去世后，他成了孤儿。那年正赶上知识青年上山下乡，他随同学们一起，来到了一个小山沟里。当知青的岁月是他终生难忘的日子，从那时起，他懂得了许多，集体户里的男女青年得跟村里的农民一起披星戴月下地劳动，整天吃的是高粱玉米，几个月也见不到一点肉星。在这里黑子偷鸡、鸭、鹅……老乡家里有什么就偷什么。不知为什么，竟有一个省城的女知青喜欢上了他，他俩便有了一段令人嫉妒的故事……知青返城时，他把自己的名额让给了信誓旦旦的女友，于是他又在山沟里多熬了两年，等他回到城里去找那个女友时，她已经成为了别人的老婆。从此，黑子心碎了，他开始不相信一切，他开始仇恨一切，他开始干一切的坏事……

　　小镇上有个老女人，是黑子远房的姨姥，看他可怜就把他领回来一起生活。黑子整天不务正业，游手好闲，与一群不三不四的男人鬼混在一起。上班三天打鱼，两天晒网，结果被工厂除名。黑子更自由了，他在小镇上做尽了坏事，成了臭名远扬的坏黑子。几次从监狱出来，黑子的脸上就爬上了皱纹，好姑娘没人愿意嫁他。这事深深地触动了他的心。"开放搞活"那段日子，黑子也学起了做买卖。他连做梦都想当个万元户，只要有了钱，自己就可以不用再做坏事了，体体面面地做个好人，还愁没有好姑娘嫁给自己么？让大家看看人是可以变的。

　　姨姥把她攒了一辈子的棺材钱都拿出来给了黑子。黑子知道姨姥疼

他，这钱来得不易，他格外珍惜，买卖做得也很红火起来。好景不长，一次他被广州的两个二道贩子骗了，赔了个精光，连姨姥那笔钱也赔进去了。黑子对天长嚎，天不应，地不灵。他觉得无颜见人，这么多年来，他不知坏过多少人，这次才饱尝到了被人坑了的滋味儿。做人做到这份上，不如死了。黄昏，他躲在酒馆里喝酒，喝了好几瓶，他打算喝死就算了。

半夜，黑子倒在马路上，不省人事。关婶路过发现了他，就有许多街坊邻居推着一辆三轮车，把他送到了二十多里远的县医院。当黑子苏醒过来时，周围都是邻居们慈祥、关怀的目光，桌子上摆满了大家送给他的水果。黑子第一次流出了眼泪，这条硬心肠的汉子哭得好可怜。他感到自己过去太对不起大家了，他恨自己，他决心从此要做一个好人。

出院那天，黑子心情好极了。回到家，他主动帮姨姥干这干那，他的举动，使老人惊喜万分，激动得说不出话来。

一天晚饭后，黑子来到街上，见有一段路上横卧着一根圆木。是谁这样粗心把木头丢在这儿？过车多不方便，黑子一边嘀咕一边使劲地把圆木搬开，移到路旁，然后欣慰地掸掸身上的土，回去睡觉了。

第二天早上，在那条路上发生了车祸。原来这条路正在挖沟施工，那横着的圆木是工人们用来做路障的，以阻止车辆从这条路上经过。黎明前，一辆大客车从这里经过，因为有雾，司机看不清前面，汽车翻进沟里，死了4人，伤了二十多人。

没过上几天，黑子就以破坏罪被逮捕了。有人说："好人再变坏也是好人，坏人再变好也是坏人。"

载于《河北文学》

角 落

　　从前，他是讨厌老鼠的。那时，他的朋友很多，他在一个很有些气派的局里当局长，求他办事的人踩平了他的门槛。他的家里很简陋，这是他几十年来一直保持的风格。他没有女人，也无儿无女。未婚妻几十年前就被别人霸占去了，从此，他便对婚姻失去了兴趣。

　　如今，他从局长位置上退下来已有两年多了，门前也就萧条冷清了两年多。过去那些不分彼此的朋友们早已把这个老头子遗忘了，他生活在一个不起眼的角落里，多少年来的孤独养成了他孤僻冷漠的性格。

　　他讨厌老鼠，因为这些家伙害得他失去了不少好的书籍和衣物，就连经常穿的袜子也要啃上几个窟窿。唉，这群老鼠，也不睁眼睛看看，欺负自己一个孤老头子干什么。自己连个老婆也没有，谁能来给自己补袜子呢？他常常自语，尤其在夜里，老鼠们便成群结队地从洞里鱼贯而出，在屋里游戏、厮闹。他有时会冷不丁地抓起鞋子朝鼠叫的地方打去，但这是无济于事的。

　　他几次用水泥沙浆把几个洞口逐一堵死，可没过上几天，老鼠就又会把洞口掏开，莫非老鼠的牙齿是钢铸的吗？他养了一只大花猫，可这猫却不安分守己，心思全在外面的世界，常常夜不归宿。老鼠们也就有恃无恐，每夜照闹照玩照乐无误。时间一长，他也就习惯了。

　　开展灭鼠的那段时间里，他也得到了一份居民委发下来的毒诱饵，放在了几个老鼠洞口。效果还真灵，不过几日就能看见摇摇晃晃挣扎着的老鼠，慢慢地跌倒的场面。

　　以后的日子里，果然没有了老鼠，这座城市还被评上了无鼠害城市。

　　然而，夜里没有了老鼠的打扰，他的内心反而增添了许多莫名的寂寞，似乎觉得生活中缺少了什么。以前，自己可以在老鼠们的戏闹声中慢慢安静地睡去，如今可好，他几乎整夜地失眠。睁眼闭眼脑海里全是那些可爱的老鼠们，有时，连做梦也是老鼠……他不再忌恨那些小生灵们了，相反对鼠类充满了爱怜。再想想，米老鼠、精灵鼠小弟、鼹鼠的故事、老鼠嫁女……一个个生动可爱的老鼠形象，是那么的讨人喜欢，回想起那些吃了毒饵而折腾得遍地打滚的小生灵，他又心酸地落下眼泪。

他想，老鼠也是有灵性的，人类太自私太霸道了，为什么只为了自己的享乐，就强行剥夺鼠类的生存呢？他有时也像个孩子那样想入非非，想象神话中墙上贴的美女像能在夜里走下来一样，老鼠说不准也会在某个夜里变成一位鼠女，来陪伴孤独的自己呢！

他把剩下的毒饵统统地扔进了炉子，把那只大花猫推出了窗外，然后关严了门窗，再也不许它回来了。

后来，这间屋子里，就又出现了老鼠的影子，他便开始与老鼠们和睦地相处，还把自己吃剩下的食物投给它们。有时，他蹲在地上，一边喂肉块给鼠吃，一边喃喃自语"交人都不如交老鼠哇。吃吧，你们不要害怕，我不会再伤害你们了"。

说也奇怪，从此，这间屋子里的老鼠们再也没咬过他那些心爱的书籍、衣物和箱子。这座无鼠的城市里，也许只有这个角落里，仍然活跃着一群老鼠肥壮的身影。

不知什么时候，他默默无闻地死在了床上，外面没有人知道，也没有人来料理他的后事。只有一群老鼠围在他的床下，发出一阵阵衷鸣。有一只母鼠还从外面衔来了一朵海棠花，放到了他的枕边……

祝你生日快乐

丝丝小雨轻轻地敲打着那挂着蓝色窗帘的窗子，窗子里映出一张女孩子的脸，正不安地望着这渐黑的黄昏。

她刚刚接到男友的电话，约她今晚到他家去，她问做什么，他说你来就知道了。他的父母去南方探亲去了，他俩本来说好了这个月不见面，因为她马上有一个考试要复习，是单位的晋级考试，她望着这黑黑的窗外，面露难色。

女孩子往深里想，不禁脸容绯红，心越跳越疾，因为她在夜里还从未与男友单独地待在一起过。她担心父母会阻拦自己，不让自己去。

但是爱情的魔力最后还是击碎了少女的矜持，她鼓足了勇气来到父母的房间，怯怯地说："妈，我要到他家去一趟。"

"这么晚了，不要出去了。"母亲淡淡地说。

"他……有事找我，我想，我得去。"

"什么事？有事明天不好吗？你一个小女孩子，这么晚还往外走，谁能放心。"

她没动位置，依然默默地站在母亲跟前。

"非得去吗？你俩晚上跑到一起，有什么事好做？"母亲用异样的眼神审视着女儿，那眼光锋利得像一把快刀，不停地在女儿身上扎着。女孩子感到有一种从未领略过的羞耻感在周身聚集。姐姐也走过来劝她："好妹妹，别去了，妈是好心，你要理解。"

可谁来理解我的心？她愤怒地擦了擦双眼滚出的眼泪，满肚子怨气不知该向谁发泄。自己错了吗？看母亲的神情，仿佛女儿去要做什么见不得人的事。她越想越委屈，竟"哇"地一声哭出声来："我怎么自己连一点儿自由也没有哇？"说完捂住脸跑进了自己的屋中。

母亲的心软了下来，她跟进小女儿的屋里，无奈地说："那你去吧，让姐姐陪着你去，快去快回。"

派姐姐去监视我吗？她的气更大了，如果不是男友一再要求自己一定要来，她倒真想在家跟母亲怄气。她答应了男友说去，她不愿失约。她十分信任自己的男朋友，他做事一向都很有分寸。

女孩子在姐姐的陪同下，来到了男友的家。

按响门铃，男友来给开了门。屋内漆黑一片，她的心马上揪了起来，怕什么来什么，她下意识地抓了姐姐的手。

"为什么不点灯？黑乎乎的多吓人。"她没好气地说。

"没灯更有情调的。"男友殷勤地迎上来，往屋里让。

"这是我姐姐，她陪我来的。"

男孩子愣了愣，脸马上堆起笑容："欢迎欢迎。"

姐妹俩站在屋中央正茫然不知所措的时候，只听男友一声脆亮的吆喝："老寿星驾到，生日晚宴现在开始，请掌灯。"

话音刚落，屋里一片雪亮，所有的灯火一同亮起。她看到屋里已经暗伏了许多男男女女的朋友，大圆桌上摆放着一盘很大的生日蛋糕，还有一桌丰盛的酒菜。那些朋友们一齐鼓掌，音乐响起，大家一起唱着："祝你生日快乐，祝你生日快乐……"

女孩子愣愣地望着这一切，完全没有反应。她问男友："今天你过生日么？"

"是你呀！"男友笑嘻嘻地凑过来，把手中的一束鲜花献给了她。

"我过生日？"她喃喃自语，仔细一想，可不是么。今天果真是自己的生日。这几天忙于复习考试，竟把过生日的事忘得干干净净。连母亲也没替自己想着。

男友这场精心的安排实实在在给了她一个意外的惊喜，她的眼里已经含满了激动的泪水。

这个生日过得非常精彩，她第一次与这么多朋友一起分享自己的生日快乐。唱歌、跳舞、吃蛋糕、做游戏，大家一直闹到半夜才散。

男友客客气气地把姐妹俩护送回家，才返回去。回到家中，见母亲还没睡，正披着衣服沉着脸焦急地等着呢。

女孩子什么也没说，一个人去洗漱去了。姐姐在跟母亲汇报。

夜里，姐姐躺在床上翻来覆去睡不着觉，显然她仍被今晚那快乐的场面激动着。她朝妹妹探了探头，说："今晚，我感到我是多余的，你真应该自己去才对。况且我想姐姐陪妹妹赴约未免显得不太礼貌，像是防备人家似的。这个角色挺尴尬的……多疑与戒备对于美好的事情，显得多么愚蠢呵！"

女孩子听了姐姐的话，泪不禁又轻轻流出。这是委屈的眼泪，她想：如果妈妈也能明白该多好呵！

载于《人生与伴侣》，《小小说选刊》转载

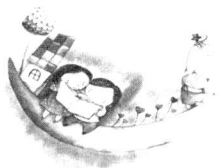

去看夕阳

徜徉在橘红色的暮霭里，许尉经常一个人去拥有黄昏，把身心留在柔软的霞光里，焦虑的情绪便能够得到释然的慰抚。什么时候能与一位心爱的女孩一起去看夕阳呢？就是他日思夜梦的心愿！

许尉留校在凌维年的系里任教，他聪明能干，颇得系主任老凌的赏识。老凌有一个21岁的独生女叫小芬，性格文雅娴静，长得像一首淡雅的诗。小芬在技校念书，正在工厂实习，再有几个月就该工作了。老凌看好了许尉，这小伙子如果能做自己的姑爷，女儿的一生也就可以放心了。

"小许，有对象了吧？"老凌等办公室没有了外人，便试探地问。

"没有呢。"

"在学校里没有女同学或家里邻居中的小姑娘么……"

小许红了脸："高中时处过一个女生，后来她考到南方去了，我们再也没联系了。"

凌维年点点头，瞧着他说："人往往不能很好地把握当初的感情，使一些非常好的机遇白白地错过了呵！"

许尉的父母在外地，他住独身宿舍。下班后除了散散步、打打球之外，经常跑到老凌家去看电视。当时正播放一部叫《情义无价》的台湾电视连续剧。老凌的爱人在学院函授部工作，虽然身体不太好，但操持家务却是一把好手，总是张罗着留小许吃饭，小许也不客气，有时还跟老凌喝上几杯啤酒。

每当看完电视，凌维年就有意吩咐："小芬，去送送许老师。"

许尉自从第一次看见凌小芬，就暗暗地喜欢上了她，所以他才经常往凌家跑。不过，这件事他从未对任何人讲过，他害怕万一遭到回绝，

尴尬不说，以后还怎么相处呢？恐怕连朋友都不能做了。于是，他就让一切顺其自然。婚姻是讲缘分的，有缘与无缘虽只一墙之隔，但这堵墙却又高又厚没有人能够逾越。

"许老师，芸芸和雨晴你喜欢哪一种？"路上，小芬问他，这是对《情意无价》的剧情而言的。

许尉想了想，说："我喜欢芸芸。"

"为什么？雨晴多有性格呀！连钟凯强那么好的男孩都为了雨晴而不肯娶芸芸的。"

"芸芸善良、温柔，喜欢这种具有古典性格的女孩子。"许尉说。

"大学里像芸芸这类型的女孩很多吧。"小芬的话里有话。

"不，很少。也许我碰不到。"

小芬把许尉送到宿舍楼口，天很黑，小许又怎么能让一个女孩子单独回去呢？于是他又把小芬送回了家。实际上，这正是凌教授为他俩提供机会。

每次被许尉护送回来，小芬心里总是甜丝丝的。她喜欢许尉身上洋溢着的那种书卷气，还有那种趋势、深沉、清纯的气质，更令她心动。

出于女孩子的羞涩，小芬不能向他表示什么。她相信小许会向自己有所表示的。她天天都在盼望着，默默地呼唤着。从他的一双深情的眸子里，她读得懂……

许尉有个表妹，与他年龄相仿，来学院看表哥时，许多人都误会了。走在街上的时候，偏巧被刚下班的小芬看见了。匆忙地打个招呼，小芬就骑车过去了。回到家，她连晚饭也没吃，反锁上门，在台灯下发怔……

表妹走后，小许依旧来凌家看电视。后来电视剧播完了，小许就常在小芬的房间跟她聊天。

"许老师，你的女朋友好漂亮。"这句话几个月前就该对他说的，小芬这女孩可真能闷。

"别瞎说，我哪有什么女朋友哇。"小许笑了笑。

"不敢承认？"小芬梳着怀里抱的玩具熊，"其实，男大当婚，这也是极正常的事。"

"小芬，你是不是指上次在马路上跟我在一起的姑娘？她是我表妹。"

凌小芬不相信，因为她的好多女友，在男朋友的生活圈里都暂时充当过"表妹"这个角色，这种游戏并不新鲜。

顺其自然吧！许尉也没再做解释。秋去冬来，在蜂飞蝶舞的季节里，两株无言的桃树却错过了盛开的花期。小芬见许尉依然没有丝毫攻势，就更证明了自己的判断，她为这次失恋痛苦了好长时间。后来把感情埋在了心底。与此同时，工厂里有个叫潘涛的青年在热烈地追求着小芬，并施展各种手段来诱惑这个女孩。小芬心软，见潘涛如此钟情，就同意跟他相处了。不久，小芬便把潘涛领回了家。

凌维年夫妻俩不喜欢油嘴滑舌的人，对潘涛不冷不热，心中还惦记着小许。许尉有时在凌家能遇上潘涛，虽然心里不是滋味儿，但表面上却摆出一副与自己并无干系的样子。

也真得佩服潘涛这小子的手段，不到半年，他已经把小芬玩腻了，还一脚踢开。小芬痛不欲生，恨自己有眼无珠。许尉明白，女孩子失恋后这样痛苦，将意味着失去了什么。他把牙咬得咯咯直响，去工厂找到潘涛打了起来，不一会儿，两个人就都鼻青脸肿了。

当肿起的脸还没瘦下去，许尉又接连听到了可怕的消息：小芬跳楼，摔断了双腿；凌教授闻讯突发脑溢血去世。

从此，许尉几乎天天都来到凌家，除了照顾这双母女外，还承担了凌家所有该由男人做的事情。小芬住院期间，他默默地守在床边护理着，还托外地的同学买来了一辆轮椅。小芬出院后，许尉就推着她，去花园、去野外、去西北东南……

有一天，许尉紧紧地抓住了小芬的手，颤抖着说："芬，我爱你。答应嫁给我，好吗？"

女孩子坐在轮椅上，眼泪扑簌簌地流了下来，哽咽着说："许老师，这句话……你为什么不早点说呢！"

他推着她，走进了一片橘红色的黄昏里。他要带她一起去看夕阳……

载于《百花园》

那朵火焰很美很美

那一天在朋友家作客,朋友的妹妹缠住我,让我给她讲一个美丽的爱情故事。她才 17 岁, 正值渴望爱情的季节, 望着她虔诚而纯洁的目光,我答应了她。

"不许瞎编,得让人相信。"她提出了条件。

……日子仿佛都是一样的, 一天一天在缓缓地度过, 在寂寞中, 在孤独里。有一个男孩默默地在寂寞中长大了, 他读了高中, 又读了大学; 他懂了友情, 但还不懂爱情。就在他刚刚走上工作岗位的时候, 一次命运促弄改变了他今后的生活。这是一个可怜的男孩……

"闭了灯吧! 点一只红蜡烛。"他说。女孩默默点亮了一支红烛, 轻轻伏在桌前听我讲述。

那个日子对于他来说是刻骨铭心的一天, 他永远也忘不了那天, 也就是那一天, 他遇见了一位梦中的灰姑娘, 他被她的美征服了, 陶醉了。可是, 他们素昧平生, 上帝没有安排一场机缘供他俩在此相识。小伙子就眼巴巴地望着灰姑娘从身边走过了, 他不敢去叫住她, 怕被人家误以为是坏人。就在那个街口, 他的两眼喷着火, 也是在短暂的一瞬间, 灰姑娘就消失在茫茫人海之中了。

从此, 每天上下班的时候, 他都要早来一个小时, 在那个街口耐心而宁静地站着, 企图能够再一次邂逅那位灰姑娘。无论严寒还是酷暑, 风雨无阻。街口有一个售书亭, 他每周都要买几本诗集或小说来读, 就这样, 他默默地在那里等了两年, 读完了几百本书。可他却没有再见过那女孩, 渐渐地他绝望了, 他心中那美丽的梦破灭了……

后来, 小伙子谈恋爱了, 姑娘叫媚。她的容貌与身段很像那位灰姑

娘，他就是按那女孩的标准找的。这姑娘对小伙子很痴情，俩人很和谐。就在小伙子马上就要与媚姑娘结为连理的时候，小伙子偶然一天又遇到了那个令他朝思暮想、刻骨铭心的灰姑娘。他偷偷地尾随在她身后，才发现他的家原来就在那街口的拐脚处。

灰姑娘家是个非常普通的工人家庭，父母都已经退休了，哥哥也结了婚，她在一家纺织厂做工。小伙子还知道了灰姑娘就在两个月前已经有了男朋友，是轧钢厂的技术员。他比较一下，觉得她的男友无论那方面也不如自己，可是他却没有去打扰灰姑娘，而只想慢慢地等待着什么，他希望等到灰姑娘与那技术员分手后，再去追求她。

他等呵，等呵，自己与媚姑娘的婚期一拖再拖。媚含着泪弃他而去了，他依然耐心地等待着。一年后，灰姑娘跟那技术员结婚了，他心如刀割，怀着一腔苦水疲惫地回到了宿舍。他开始喝酒，醉了三天三夜；他开始抽烟，希望自己能得尼古丁中毒死掉。他脆弱的精神支柱坍塌了，眼睁睁地看着自己心上的灰姑娘成为别人婚床上的新娘，他的心碎了。他恨自己无能，等能等到幸福吗？他恨自己虚伪，心里有爱却不敢对她说，不敢跟人去竞争……他永远也不能原谅自己，他对婚姻一下子就变得淡泊了，心如槁木死灰，再没有了爱的渴望和青春的躁动。

"后来呢？"朋友的妹妹含着眼泪轻轻地问。

小伙子发誓终生不娶了，至今仍孑然一身，每天晚上他不点灯，就像现在这样点燃一支红蜡烛，那朵火焰很美很美。一圈朦胧的光晕映红了他憔悴的脸颊，他说灰姑娘就在那朵火焰里呢……

红蜡烛流泪了，少女也在流泪。

"他说终会有那么一天，他会得到灰姑娘的，那就是等他的灵魂与肉体脱壳之后，他的一切也将融化在这朵火焰之中，那时候，他与灰姑娘就可以结合在一起了。"

少女的手绢已经湿透了，她擦干了泪水，晶莹地望着我："那可怜的男孩是不是你？"

"不是，我不会那么傻气。"我笑笑说。

"你告诉我，他在哪儿，我要去找他，告诉他，我就是他的灰姑娘。"少女激动地站起来，美丽的脸蛋楚楚动人。

"不要。"

"你告诉我，求求你，他太可怜了。"

"同情和怜悯，都不等于爱情，你以后要记住，当你真正地爱上了一个人，就应该大胆地走到他面前告诉他，不要害怕丢面子，也不要担心会伤害别人，幸福要靠自己的努力……"一根红蜡烛已经燃烧得很矮了，那朵火焰依然很美，很美……

载于《当代青年》

层　次

　　我毕业被分配到市里一家科研所工作，与我住一个寝室的是科大分来的周子鉴。听他的名字像是个老头，其实他也是个挺英俊的小伙子。

　　子鉴性格孤傲、清高，床头上摆的尽是些萨特·德莱赛、米兰·昆德拉、尤金·奥尔尼等这些名字长长的外国作家的著作。那时，我也喜欢文学，常常发些小文章，经常有一些女孩子来找我，她们大多是爱诗的唯美派女孩。每次朋友们来，周子鉴总要凑过来，摇头晃脑大侃大砸一些令人天旋地转的艺术论调，讲得朋友们如坠烟里雾里，对他非常崇拜。有一些本来是找我的朋友，后来干脆找他去了。这也解放了我，我可以晚上躲到办公室里写作了。

　　子鉴比我大三岁，听说在大学里有过一个女朋友，被他说成了个天仙。可看照片却是个其貌不扬的姑娘。也许帅小伙专爱丑姑娘，这也难说。可那丑姑娘偏偏甩了他，害得他像得了相思病，念念不忘有个叫英的姑娘。

　　他待我很好，像亲弟弟。自己买小物品时都忘不了给我带一份。还总是谆谆教导我如何做人，如何保持自己的个性，如何顶撞领导挖苦同事……听他讲得句句是理，因为他说话逻辑性很强，又有深奥的外国文学理论基础，也就由不得别人不相信他。

　　"你的那些小朋友们层次太浅啊！"他这样对我说。

　　"对你来说是浅了点，可对我来说就很合适了。"

　　"你没接触过高层次的女孩子，太遗憾了。"他说。

　　那个叫英的姑娘一定有层次，我想。

　　我的第一本诗集出版后，子鉴就不再对我恳谈层次这个问题了。我认识了一个很美的女孩，也是我的诗集的读者。很熟了以后，我就把她领回了宿舍。我给她翻出影集和未发表的诗来，她很认真地看。

"钟冰冰，介绍一下，这是周子鉴。"我给她与子鉴引见了一下。

子鉴冰冷地看了一眼冰冰，寒暄几句就回自己的蚊帐里弹吉他去了。我发现他实在是进步了，见了女孩子不再云山雾罩、海阔天空了。

送走了冰冰，我问子鉴："冰冰怎么样？层次如何？"

他没有马上回答我，详细地寻问了她的工作单位及文化程度之后说："一个幼师，首先应该活泼，有动感。她没有那种能吸引人的气质，虽然长得不坏，但却不可爱。"

我和冰冰不咸不淡地交往了几个月，子鉴就时时提醒我："别陷进去，这女孩不如你，根本不是一个层次的人。"

我觉得他的话也算有理，身后还有比她更好的女孩在等着自己呢！就渐渐跟冰冰疏远了。

有一天，冰冰打来电话，说晚上要约我出去。我说不行呵，这几天太忙没时间。她说有要紧事想问我，我让她来宿舍找我。她拒绝了，冷冷地说："晚7点，我在老地方等你。"然后就挂了电话。

我只好如约而去，见到冰冰，我实在不知道该对她说什么，她是个美丽的女孩，我有点后悔了。

"我知道你最近在躲避我。"她低着头说，"如果我不能令你满意，我会离开你的。"

"你别误会，我实在是太忙了……"我解释说。

"你以为你样样都比我强么？不见得吧。我一直觉得我们俩很般配，可婚姻是缘份，有缘无份也是枉然，是不能强求的。对么？"冰冰望着我，一个字一个字地说。

"你说的对。婚姻是有座标的，而友情是无轨迹的。我们俩做个好朋友不是很好么？"

"放心吧。我以后不会再来打搅你了。但我想说几句话，你别生气。"

"什么？你说。"

"女朋友要少交，多了会使你眼花缭乱的。另外，要早睡早起，克服懒虫的坏习惯……"

奇怪啦！我的这些事是谁告诉冰冰的？她给我提了一大堆缺点让我改正。

"你屋里的周子鉴，有女朋友么？"冰冰问。

"没有。"

"他对你说过我么？印象怎么样？"

哦，我忽然明白了什么。冰冰呀冰冰。咱俩刚分手，你就瞄上了人家，难怪子鉴说你没层次，看来他看人还真准。

"他是大学生，名牌货。"我告诉她。

"我知道。"

"他是一个很有层次的人，恐怕……"

"怕我配不上他？是么？"冰冰一笑。

"冰冰，你别打子鉴的主意了，我认为他……他不会看上你的。"

冰冰的脸红了，静静地说："不，你弄错了。他已经向我求婚了……"

我一下子尴尬得说不出话来，恨不得有个地缝马上就钻进去。

载于《分忧》

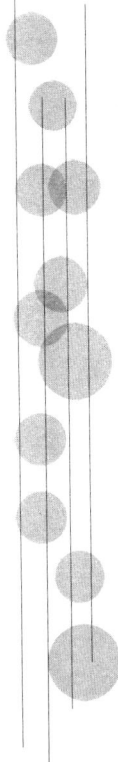

斜　阳

　　阳阳家住四楼，阳台是他最喜欢的地方，每天都在这儿迎朝霞，送夕阳。他经常望着红着脸的斜阳发呆，那一片瑰丽的红云曾引起他多少美好的遐想和渴望呵！

　　阳阳是个聪明的大男孩，阳阳有一双很亮的大眼睛。这正是恋爱的季节，这正是恋爱的年龄。但阳阳不追女孩子，阳阳还没有工作……

　　阳阳爸爸是教授，却不理孩子们的事，儿子没工作他也不急。那时的工作很难找，阳阳又不肯做那些简单的体力劳动，所以一直在家待着。他真感到奇怪，为什么现在的庸人像夏天里菜地里挂着的豆角一样多呢？他设计的服装，模特儿穿上参赛拿大奖；他摆弄电器，能把黑白电视弄出色彩来。他的爱好多极了，做什么像什么，别人都叫他小能人。可这个世界不喜欢能人，因为这是庸人的世界。

　　对门新搬来一户人家。家中那个叫夏晴的女孩真让阳阳动心。她读大二时得了病在家休学。两家的阳台肩并着肩，他俩都站在阳台上的时候，她总是向他微微一笑，他也总是向她点点头。夏晴有个男朋友，在机关组织部工作，模样比李连杰还帅，她管他叫邓桥。听说夏晴有一次去同学家回来晚了，半路被几个流氓缠住就往胡同里拖，正好被邓桥赶上，一场恶斗打散了流氓，他把夏晴送回了家。从此，他俩就恋爱了，他想，那会不会是邓桥为了接触她而找几个哥们设下的局呢？要真是那样，这家伙可太攻于心计了，夏晴跟他多危险啊！

　　阳阳爱上了夏晴，这女孩纯得像瑶姐笔下的少女。他把这份爱埋在心里，他对世界没有信心，对爱也没有信心。夏晴喜欢找阳阳谈诗，谈惠特曼、泰戈尔、叶赛宁……因为阳阳懂文学。可阳阳此时更感兴趣的却是老庄和叔本华。夏晴感到阳阳真诚，却十分忧郁、消沉。她喜欢跟阳阳呆在一起，哪怕没事干就坐在凳子上互相望着。她喜欢在一旁看阳阳手里摆弄的那些小玩艺儿，经常把邓桥扔在家中，自己来阳阳家玩。

"你在我家，你的男朋友会着急的。"阳阳提醒她说。

"不要紧，我有自主权。"

"他救过你吧？"

夏晴点点头："如果没有他，我……想起真后怕。"

"小晴——"这是邓桥在阳台那边喊她，"演电视剧《咔嚓岁月》了。你不是最爱看么，快回来吧。"

"怎么是'咔嚓岁月'呢？应该是《蹉跎岁月》才对呀。"阳阳纠正道。

夏晴的脸腾地红了，她咬咬嘴唇说："对不起，让你笑话了。他也许不认识这两个字，可他是大学毕业生呢。"

阳阳这才觉得自己实在不该纠正这两个字，怪叫人难堪的。女孩红着脸回家去了。

夏晴养好了病，准备回学校了。这天，邓桥和阳阳碰巧都带着礼物来送她。邓桥献给她一条金灿灿的项链，阳阳捧给她一尊少女头像的泥塑，一搭眼便可认出是夏晴。女孩子高兴地收下了头像，却把金项链还给了邓桥。夏晴平静地说："我还小，还没毕业，所以不能接受这样的礼物，很抱歉啊。"

邓桥尴尬地笑了笑，说："那我给你留着。"

夏晴回学校了，阳阳仿佛生活中失去了什么。等到夏晴大学毕业那年，阳阳仍没有工作。人间就是这样不公平。可该对谁诉苦呢？他对一切都失望了。夏晴被分配到了税务局，邓桥把她缠得更紧了。

夏晴来找阳阳，屋里没外人，只有两颗年轻的心。

"我与邓桥很难找到共同都感兴趣的话题，他在单位很红，家庭又有势力，还是我的恩人，我的父母特别赞成这件事。可我并不喜欢他，几次提出跟他分手……我的心太软。我觉得只有你可以帮助我了。"女孩对阳阳说。

"我能帮你什么？"阳阳问。

"只要你说爱我，你去跟他争。你一定会赢的……"夏晴的眼睛射着迷人的光彩。

　　阳阳心里乱极了，他深爱着夏晴，但自卑感又使他无法面对现实："不，我不能这样做。我不配，真的。"

　　"你不喜欢我吗?"女孩张大了嘴巴。

　　"我不能喜欢你。"

　　女孩的眼眉低垂下来了，她捂着脸跑回了家。

　　后来，夏晴与邓桥结婚了。来娶夏晴的那天。阳阳也悄悄离家出走了。他事先没告诉任何人，只给父母留了个字条：阳阳寻找斜阳去了。

　　阳台上的两只鸽子，冲进了夕阳的余晖之中。

　　问斜阳，你在何方？这是从夏晴的心里飘出的歌声。

载于《分忧》

洁白的鸽

　　不论是白昼还是黑夜，校园里总是充满了幻想和新奇。在草长莺飞的季节，美妙的年龄，往往会在白色的云、蓝色的湖、绿色的青草地、红色的小楼房……构思那个永恒的主题。白天，你会看到甜的笑靥、柔的眼波，白马王子和白雪公主；夜晚，你能听见轻风的匆匆脚步和夜莺般的歌喉，吟唱舒伯特的小夜曲……

　　人工湖畔的草坪上，他每次都坐在自己的"根据地"上读书。风也多情，云也多情，淡黄色的野花摇晃着，飘着殊香。古柳下，看书累了，闭起眼，依着柳树安谧地小憩。操场上，练鹤翔庄的人们与踢足球的人们互不干涉，动与静似乎并不矛盾。偶尔，也会蹦来一只青蛙，扑通一下跳进湖里，溅起层层涟漪……

　　他又来到这里，发现一位白裙姑娘正翩然离去。他认出了，她叫白妮，是西语系的"灰姑娘"。

　　白妮喜欢穿白裙子、白丝袜、白塑料鞋，走起路来风姿绰约，像一只活泼可爱的白鸽子。不知是因为她端庄秀美，还是因她风度高雅，她成了男同学们眼睛里的一帧风景。听说许多自负的男生，冒失地采花，结果都挨了刺。

　　咦？椅垫，一定是白妮丢下的。多粗心的灰姑娘。他拾起草坪上的椅垫，白色蓝边，干干净净。右上角用银线灵巧地绣了一只飞翔的白鸽。

　　他珍爱地把椅垫捧在怀里，回到寝室，悄悄藏在褥子底下。

　　许多回凝神，他解不出答案；很多回举目，他捕不住渴望；许多次徘徊，他想约她说几句话；许多回邂逅，他又失去了勇气。他默默凝视椅垫上的白鸽子，觉得她太孤单了。于是，他用圆珠笔在那只白鸽身边又画上了一只，幻想着，那一只是她，这一只是我。

李花落了，桃花谢了，树叶飘零的时候，他毕业了。黄昏，他拿着椅垫，独自走进"绣楼"（对女生宿舍的昵称），找她，去还原一个朦胧的心愿。

他拘谨不安地递给她："你丢的，我……拾到许久了。"

她眨眨眼睛，会意地说："一年多了，我以为你给匿下了呢！"

他马上涨红了脸："对不起，早就想还给你，怨我……脑筋太坏。"

"是嘛，你还算老实，你若不还我呀，我就不要了。"

他不好意思地走开了。姑娘望着他窘迫的样子，脸上洋溢起得意的微笑。这笑，甜极了！

车站，同学们依依惜别，相互祝愿，泪洗月台。

白妮在人群中间寻觅了很久，才找到了他。

"就要分别了，我想送你件礼物，又不知送啥才好。钢笔，太轻了。相册，太俗气，想来想去，还是把椅垫赠给吧。它是我亲手缝的，鸽子绣得不好，针脚很粗，但愿你喜欢……

他感到惭愧，以为她又跑来揶揄自己，便连连摆手："不，我不要。"

姑娘的长睫翚蹙一下，目光望着脚尖，凝神片刻，才抬头羞涩地说："收下吧，我是真心送你的。别嫌弃……"

他从她那双晶莹透明的眸子里面，读懂了她的真诚。他收下了，跟她庄重地握别。

列车开动了，他坐在车厢里，仔细注视手里洁白的椅垫。忽然，发现椅垫上那只用圆珠笔画上去的鸽子，已经被她永远地绣在上面，一双洁白鸽子，真的在蓝天中比翼齐飞了……

他平生第一次感到心里甜如蜜糖，探身窗外，激动地向月台上伫立的她招手、呼喊。可惜，他已经看不清她秀美的轮廓了，映在他瞳孔里的只有一个小白点儿————那是他心中洁白的鸽！

载于《辽宁画报》

瓷娃娃

北方，有雪的冬天格外迷人。

滑冰场上，一位瓷娃娃脸型的女孩子，在光洁如镜的冰面上驰骋。她轻盈自如地跳跃、旋转，就像一只翩翩起舞的白蝴蝶。

女孩子身穿鹅黄色的绒衣裤，上身还套了件用超粗线编织的白毛衣，头上戴了顶小红帽，一笑，甜甜的。

人们用羡慕的目光注视着她，那夏荷似的笑靥，冬雪般的肌肤，弯眉处隐藏的一丝矜持，眼波里闪动的一汪秋水……人们醉了。

雪花，纷纷扬扬。袖珍机里飘出克莱德曼那优美、深情、如诗似梦的钢琴曲，一只只相思鸟在她身边飞来飞去……

瓷娃娃滑累了，准备回家时，发现自己的鞋子不翼而飞了。她四处寻找也没有，急得她呜呜地哭起来。

妙龄少女的哭泣是非常蛊惑人的，何况是楚楚动人的她。好事者围了一大群，有的帮助找寻，有的袖手观望，有的好言以慰，有的窃窃私语……帮她找鞋的人群中，有一个大眼睛的男孩子找得最认真。最后，他找到了，在一堆新雪中。

瓷娃娃破涕为笑，她与男孩子在两对眸光的凝望中相识了，有风在低低地私语，有云在悄悄地掠过，她俩成了一对好朋友……冬去春来，当紫丁香轻轻摇曳的时节，他已经默默地走进了她的芳心。

从此，瓷娃娃心里有了秘密。月光下，那低垂的睫毛上闪动的爱意；栏栅旁，那唇边悉悉窣窣的祈愿；林荫里，那一头墨发飘拂着的纯情的呼唤……都是寄给他的。他与她相爱了，朦胧的年龄，世界就是印象派画师笔触的画。

夏的季节，女孩子与男孩子躺在湖畔的夕阳里，回忆着当初相识的

情景。瓷娃娃问男孩子："那时候，你帮我找鞋子为什么那样卖力？因为我很漂亮，对吗?"

"不完全对。"

"那还因为为什么?"

"因为……你的鞋子是我藏的。"

"什么?"瓷娃娃跳起来，两颗泪滴漫溢在腮边，"想不到你如此下流。"

"我知道，这不太光彩，但我是真心的，为了认识你，我没别的办法，请你原谅我。"

"讨厌，我不愿意再看见你。"

瓷娃娃头也不回地走了，她与淡蓝色的裙裾被风吹得一动一动，露出丰满的小腿……

男孩子呆站在原地，嘴里喃喃地说："我没说假话，真的，我没有欺骗她……"

瓷娃娃没走多远，又停了下来。回头望望他，忽然，甜甜地笑了……

北方的夏天，也是迷人的。

载于《小说界》

六角雪花

　　他们三人同是大学毕业的高材生，又一同走上了到野山雪原寻找矿床的道路，这是他们自己的选择，无悔无怨。

　　她有一个关于雪花的梦！那是童年时从一本童话集里找到的，于是，她经常在本子里画，画一朵美丽的六角雪花。她是南方女孩，为了寻找六角雪花，大学毕业后主动要求来北方地矿研究所工作。一个默默爱着她的男同学也跟她来了，不久，那个男同学成了她的丈夫。

　　"今夜有暴风雪。"他用油漆刷着小屋的房门，门太旧了，晚间睡觉风吹着口哨往里钻。

　　"那你就不要去了，我真担心你会出事。"她说。

　　"假如我今晚回不来，"他一指隔壁，扮个鬼脸，"你就跟他下山，嫁给他吧。"

　　"又胡说了。"她的脸一红，白了他一眼。隔壁木屋住的是本所的一个小伙子，非常爱慕她，与他俩是校友，他曾当着他俩的面对她说过："如果你还没结婚，我一定会不惜生命地追求你。"

　　人家是开玩笑的，女人总是这样对丈夫解释。男人却装得一本正经："你要是愿意，让我也当一当红娘吧！"这就是夫妻间的幽默，生活不能没有这种调剂品，否则就太平淡了。

　　油完了门，他进屋洗手。他们已经在这个人迹罕见的森林里工作三个多月了，在山腰那边的凹地终于发现了重要的矿床，他必须得趁暴风雪来临之前，取到矿石标本，做好标记。

　　"不要去了，太危险。我怕……"女人依偎在男人的怀里。

　　他吻她，满脸又粗又密的大胡子扎得她直叫，可她却不躲，她需要男人这种形式的抚慰。

"让他跟你去。"她说。

"留下你一个人，我怎么放心。"

男人的胡子在女人的身上扎够了，就背起了行囊，回头对妻子说："今晚我一定回来。"

他的身影消失在远方的密林里，女人含泪目送男人一直到看不见了，还在外面眺望，隔壁小伙子出来，把他的军大衣给女人披上："快回屋吧，别冻病了。"

女人感激地一笑，但脚却没动。小伙子叹了口气，回自己屋里去了。

夜里，果然来了一场罕见的暴风雪。狂风肆虐，漫天雪花。女人心里那朵六角雪花变得非常模糊了。山狼找不到食物，在远处哀切地嘶叫，恐怖阴森。

她好害怕，更为那在风雪里的男人牵肠。小伙子来了，说如果害怕，他可以来陪她作伴……

夜深了，雪花飞扬。男人采到了矿石，并在原地系了三角标记，然后才开始往回走。可是大雪封了山路，他一路在道上做的草标，全被大雪覆盖了。他走呵走呵，一刻不敢停歇……他迷路了，在林子里转来转去。

天亮了，女人不知到外面望了多少遍，仍不见男人归来。她预感到不幸即将来临，就哭泣不止。

哭是女人的武器，小伙子被她对大胡子的感情感动了，便带足干粮上路，他说去帮她把大胡子丈夫找回来。

又到了黑夜，这里只剩下女人了。她又困又怕，于是就把小伙子的军大衣放在身边，在心理上讲，男人的大衣似乎可以起到了个男人的稳定心理作用。她睡了，她太困了。梦中，她又看见了那朵六角雪花。

大胡子终于在半夜回来了，门是反锁着的，虽然极度疲惫，他却不想惊动妻子的梦。他推开小伙子的房，想暂时在这儿睡上半宿。可屋里无人，床上也是空空的，小伙子呢？他的心里一紧，急忙回到自己的房门前。隔着玻璃向屋内张望。他的手被门上的油漆粘住了，抽回手，借着惨淡的月光，他好像看见床上有两个人睡在一起。再仔细看，他看清了，看清了被上盖着小伙子平时穿的军大衣……大胡子的心碎了，一下变成了个木雕石像……

凌晨，外面的雪更大更厚了。女人穿好衣服走出屋外，她心里一喜，看见门上有一个手印，知道是丈夫回来了。可找遍周围，喊哑了嗓子，也不见男人的身影。

小伙子回来了，说没有找到大胡子。

就在女人感到困惑的时候，小伙了指着二十几米远的地方问："你看那儿多了一棵树?"

怪呀? 哪儿来了一个雪柱子呢? 女人和小伙子都跑过去看，小伙子用手一推，雪柱子倒了，原来是大胡子。

男人死了，身体早已被冻成了冰棍儿，他手里却紧紧地捏着一个雪捏的六角雪花……

载于《滇池》

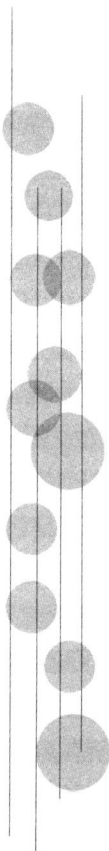

流果汁味儿眼泪的草地

不知是运气还是晦气，我与两只夜猫子住一间宿舍。

大个是美术系的，长发飘蓬，像母鸡刚刚趴过的窝；小个是中文系的高材生，还是个蹩脚的诗人哪！他衣着讲究，小分头油亮亮的，浑身喷香，常有采蜜的蜂儿追着他飞。激情一上来，便不分场合，口诵之、手舞之、足蹈之……

师大学生宿舍是两系合寝，中文与美术合在一起，普希金与拉斐尔，稿纸加油彩，诗情画意的。夜晚，熄灯铃一响，大个和小个便很麻利地用毯子和军大衣把门窗堵严，这是对付值宿老师检查的绝活儿。等其他伙伴们都睡了，他俩就又打开电灯。大个端着调色板，对着画架凝神思索；小个则伏在桌上往稿纸上书写方块字，随后又将稿纸揉成团儿，扔进纸篓。

夜深了，大个反复看着自己的得意之作《原野》，这幅油画在省内美展初选时就遭淘汰。评委的意见是作品思想主题朦胧，表现的笔触肤浅，片面、机械地追求印象派效果，对大自然搞浮光掠影地描摹，体现不出时代风格……大个虽气恼地将评语撕个粉碎，过后冷静下来，也觉得作品似乎真的缺少点什么。他受梵高的影响，学会了用短而小的笔触一点一点地把油漆彩挤到画布上，以求再现纹路与光的颤动，达到一种理想境界。由于过分注重瞬间印象的效果，在表现手法也就忽视了"色的团块"的重大作用。灵感一来，他又想抽烟了。

"喂，小个，有烟吗？"

小个此刻正饿得发慌，翻遍箱子也找不到可充饥的食物。他知道大个那儿有，就掏出香烟来说："我好饿。"

大个递给他一盒饼干，算等价交换了。大个嘴里鼻里，烟雾缭绕；小个捧着饼干盒，大咀大嚼。

清早，我们都起床跑步去了，宿舍里却呼呼大睡着两只夜猫子，蒙着头，一东一西。小个最瞧不起大个，说他五大三粗的怎配搞艺术？夯地正好。于是，常在人前人后揶揄、奚落大个。有一次，大个的几个女画友来做客，小个便偷偷地将大个床下没洗的大裤衩和臭烘烘的袜子摆在画架上，让大个出尽了洋相。

大个与小个的矛盾是当初为争一个理想的床位而结下的，小个抢不过大个，从此对大个怀恨在心。

"……朦胧中望着你的情影，姑娘呵，快告诉我吧！你的音符之鸟到底对我说了些什么？"这是小个在朗诵刚刚写完的得意之作。

"哎——，别天天就知道姑娘呀，爱情呀…牙疼不疼，能吵死人。"大个在吼。

"怕吵哇？钻到骨灰盒里去呀，那里才静呢！"小个眨眨眼逗趣地说。

"你天天想姑娘，也没见有哪个小姐来爱你。别自作多情啦，追女孩子需要的是手段，不是激情。"大个在冷嘲热讽。

"你好，追不到姑娘，追起了本家的表妹，你不怕将来结婚生一头大象？"小个也反唇相讥。

这下可揭到大个疤上了，他瞪圆了眼睛，一把拽住小个的衣领："狗娘养的，你骂谁？"

"骂别人对得起你么？……"

没等小个说完，一只大巴掌重重地落在小个圆滚滚的脑壳上。小个恼羞成怒，用脑袋向大个猛撞，大个顺势将小个挤兑在角落，骑上去打个痛快。小个奋力反抗，怎奈脑袋卡在暖气片下，动弹不了。

大个打够了，扔下他回到自己的画架旁，没事儿似的继续思索起自己的画了。小个吃了亏，怎肯善罢甘休，他爬起来，伸手从上衣兜里摸出吃饭用的小钢勺，趁大个不备，一下刺到大个的脸上……顿时，大个惨叫一声，捂住了脸。鲜红的血从指缝中殷殷地流出，淌在身上；落在地上；溅到画布上……

大个被毁了容，痛心地大哭。小个傻站在旁边，不知如何是好。

"哈哈哈哈……"一长串爽快豪放的大笑，从大个粗粗的喉结里跳出来。他不顾脸上淌血的伤口，突然捧起画板兴奋地大叫："印象，绝妙的印象派作品。"这笑声，差点把小个吓了个倒仰。

画板上，还是那幅命运不佳的《原野》，不同的是，画面的绿茵里，草丛中，散乱地溅上了许多血星。一片片，仿佛是草丛中盛开的一簇簇鲜花，圣洁，娇艳……原野里有了生命。

大个一边哭，一边用蘸着油彩的笔写上了：流果汁味儿眼泪的草地……

三个月过后，在"前进中的中国青年"美术作品大奖赛上，大个的这幅油画力拔头筹，获得了一等奖。

载于《当代作家》，《小小说选刊》转载

复旦园里的恋爱角

　　一条曲折蜿蜒的小径，窄窄地通向幽静的深处，那里是复旦园内的恋爱角。风儿又轻又柔，轻得似云，柔得如纱。小径周围长满了绿茵，还点缀着红红黄黄的小花。在这里踯躅过的学生们，恐怕谁也忘不了这小径，忘不了在这里采撷的女贞子和三叶草；忘不了红唇轻吻后那纷纷扬扬的心跳；忘不了菩提树下一个个深情的故事……

　　群约我来，说有急事要跟我商量。

　　记得第一次是我约她的。那是个雨天，群打着一顶细花伞谨慎地来了。在我面前像一只局促不安的小鹿，她眼里充满了敌意。

　　群是校园里高傲的复旦小姐。她聪颖、娇美，常常使一些男研究生魂不守舍，听说她还没有主……

　　"你约我来做什么？"

　　"我们认识一下，我们是老乡呢！同是喝松花江水长大的。"我对她说。

　　"什么老乡呀，我可不爱听。"她眯着眼，露出不屑的神情，"这是什么地方，你不会不知道吧？"

　　沉默，无言的沉默。虽然出师不利，可我并不怨艾，用一双真诚的眸子读着她秀美的面颊。世界仿佛被凝固了。等等，是希望的焦灼，是渴慕的不安……

　　我们坐在凉亭的石阶上。群穿着一件黄茸茸的蝙蝠衫，雪白的脖颈下系着一串闪光的珠玉，瘦裤，脚下穿一双乳白色高跟凉鞋，像一尊圣洁的玉女像。

　　我们谈了许久、许多，谈弗洛伊德、聂鲁达；谈舒婷、克莱德曼……

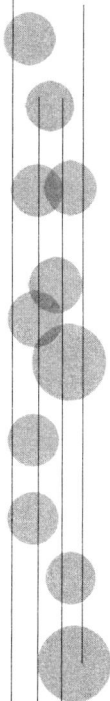

"你们系里文学才子不少呵！"群感叹地说，"尤其你们班的曹明华，散文写得棒极了。"

"两个真正聪慧的人，可以齐心成就一项彻底愚蠢的事业；两颗不乏善良的心，可以协力完成一项彼此厌恶的撞击……"我背给她听。

群满脸的矜持渐渐被融化在甜甜的笑靥里了。她忽而扬起头，望着头顶上郁郁葱葱的夏之树，听我高谈阔足的神色。

我更增强了信心，自信上帝再给我两分钟时间，她就会……然而这时候，她却看了看表提醒我：时间很晚了。

我要送她，她谢绝了。

"你怎么这样胆大呀？敢约我来恋爱角。"

"我相信你会来。"

"见鬼。今天我的心绪烦乱，总想出来看看星星，看看月亮。"群有些不自然，"他们约我，我从没有来过的。"

我得意地笑了。

雨早就停了，空气里弥漫着丁香浓郁的馨香，沁人心脾。

"你以后不要约我了，好吗？"她望着我诚恳地说。

"为什么？"我的心一紧。

群的眼里传出温柔的光："这还用问吗？"

"可是，可我也会很想你。"

群低下头，柔和地说："你呀，不让你约我，难道我就不会来约你吗？"

哦！世界醉了。悄悄掠过的风儿，但愿你什么也没听见。

从此，我与群的心里揣进了一个共同的秘密。我们喁喁私语，在复旦园的恋爱角，在海港码头的长堤，在歌剧院的剧场……

我不负她的期望，在复旦园轰轰烈烈地办起了文学社，并主编一本油印刊物。后来，我当选出为学生会主席，学习成绩方面，我成为全系名列前茅的优等生。

群脸上洋溢的笑是甜美的，抹也抹不平。我发现，她内心也是柔弱的，有较强的依赖性。

临近毕业了，系里明确地通知我，要我留校任教。这也是我所希望的。

群来了，她神情庄重地问我："听说，学校要留你，当真？"

"是的，你也跟我留下吧。我去跟系主任谈条件，公开我们的关系。"

"不。"群轻轻地摇了摇头，"我要回咱家乡去，那里更需要我，我妈更需要我。"

"你留下来会更有作为的。"我极力地说服她。

群很任性，我无法改变她。她的脸上爬上一种悒郁的伤感，眉眼低垂，含泪不语。

我与群双手紧紧握在了一起。周围模糊了，世界模糊了。

群带着深深的遗憾走了，只留下了我。夜阑人静时，我独自踽踽地走在那条熟悉的小径上，寻找我们的脚印、我们的心跳。昏黄的路灯下，又值风雨飘摇的时节，往日那深深的恋情萦绕着我的惆怅和怀念。我默默地咀嚼着孤独，让寂静的夜色，遮蔽我对群沉重的祈愿。

复旦园，那条窄窄的、散发着丁香味的小径上，又走进来几对缠绵缱绻的恋人……

我的心里又涌起一阵苦涩。

载于《羊城晚报》

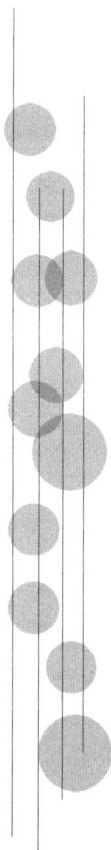

莫尼卡酒吧

　　阿安在城里读大学，他喜欢天马行空、自由自在地生活，他自称自己是都市骑士。

　　暑假，为了多挣些零花钱，用起来方便，他便在莫尼卡酒吧找了一份工作。酒吧老板 30 多岁，看上去很善良。酒吧位于街边，比较清静，来喝酒的人不少，更多的是成双成对来这里喝咖啡的男女，一泡就是半天，这座南美风格的小店，吸引了许多好奇的人来光顾。

　　坐在副理位置上的是一位年轻漂亮的女郎，大家都叫她田田，一双水汪汪的大眼睛能勾摄人魂，好多客人围前围后地讨好她。阿安迷上了田田，他想就凭自己这响当当的名牌大学的商标，一定比那些脑满肠肥的款爷更有竞争力。他有意接触田田，发现她很温柔，并不讨厌自己，那双大眼睛总是像鼓励他似的，阿安为这事而烦恼，阿安恋爱了。

　　有一天，老板请他喝酒，他把心事告诉了老板。老板咪咪地笑，端着酒杯说："是汉子就要有勇气，去试试，碰碰运气。"

　　阿安心里有了谱，看来老板支持这事，他觉得老板心眼儿不错，如今这样的好人难找。翌日，老板悄悄把阿安拽到一旁，塞给他两张电影票，朝田田那边努嘴。阿安心领神会，径直朝田田走去："田田小姐，我今晚能约你一起看电影么？"

　　田田的脸红了起来，她四下望去，见没人注意，低低地说："这个时候，怎么可以说这种话呀。"

　　"我喜欢你，希望你能赏脸。"阿安用热辣辣的目光舔着田田的面颊。

　　"好吧，我去。"田田羞答答地干活去了。

　　夜深了，阿安把田田送回了公寓。田田对阿安说："以后别这样了。"

田田用钥匙打开门，见老板躺在床上，似睡非睡。

"怎么才回来？"老板问道，"玩得很开心吧。"

"噢，我去芳芳家了。"田田点亮灯，开始脱衣服。

老板没再追问，田田上床睡了。

后来，又有了类似这样的几次约会。阿安爱上了田田，田田却惆怅地说："如果我能早点认识你就好了！"

阿安去找老板，告诉他与田田已经处上了，用不上一周，也许……

老板的脸色依旧很平和，关心地问："田田对你有什么表示吗？"

阿安只笑不答。

月亮从云朵里钻出来，阿安在月光下忘情地拥抱着田田。田田挣脱他，叹了口气说："阿安，有件事我必须得跟你讲清楚，从前我不告诉你的原因，是因为我怕破坏了我在你心中的好印象，现在，我看你越陷越深，这样下去真是罪过。我已经跟了一个男人，他……"

"他是谁？"

"咱们老板。"

"这怎么可能呢？你在……骗我。"

"我不骗你。"

"你是老板娘？"

"不，我只是个打工妹。"

"怎么会这样……"

"真的，我俩只能做朋友了，你千万别难过。"

阿安羞愧难当……第二天，他硬着头皮找到老板辞掉了这份工作。老板面带笑容，挽留着："你干得不错，又没开学，为什么要走呢？"

"去你妈的。"阿安在心里恨恨地骂，"唔，我要回校复习，明年考研究生。"

阿安走了，莫尼卡酒吧依然顾客不断。

一天夜里，老板又跟田田提起了阿安的事，厉声问："你说，那天晚上你究竟干什么去了？"

"去女友家啦！"

"说谎！别以为我不知道，你整晚跟阿安在一起。"老板坐起来。

"你知道了还问我，他约我看电影了，怎么啦？"

"那你为什么说谎？你说除了阿安，你还勾引过什么男人？干没干过见不得人的事情……"

"我又不是你的老婆，没必要告诉你。"田田气愤地冲出了公寓的门。

不久，莫尼卡酒吧的老板就雇了一位更年轻更美貌的女郎来做副理。

载于《城市人》

吻　别

公园。长椅。垂杨柳下，伫立着一对青年男女。这里是他俩初恋的地方，也是他俩分别的地方。

"我哪儿不好？"青年人的方脸上播满了阴翳。

"你有始无终，三分钟热血……"姑娘虎着脸不去看他。

"我不明白。"

"当初，你每次来我家都是很遵守时间的，可现在，你越来越不像样子，咋的？你觉得这就算把媳妇混到手啦？告诉你，没那么便宜。"

"我不想多解释了，不过，那天我真有急事。"

"急个鬼，啥能比我还重要？"

"看情份，你再原谅我一次吧。"青年人近乎哀求地对姑娘说。

"别大脸皮，谁与你有情分呀？像你这种没心肝的人，就该打一辈子光棍儿。"

"我咋没心肝儿？"

"这还用问？你经常在我面前许愿，冬天说给我买连衣裙，夏天说给我买羽绒服，可你哪一样兑现了？尽哄我。"

"那我明天就给你买。"

"用不着，我不稀罕。对不起，我该走了。"姑娘说完，转身就走。

"你等等，我有话要与你说清楚。"他跑过去拦住了她。

"干什么？我要喊人啦！"她望了望四周，天黑了，周围有风，有树，但没有人。

月儿躲进云朵里了，远处的路灯忽闪着困惑的眼睛。"你喊吧，我啥都不怕。你若把我逼急了，我就抱你一起跳进湖里去。"

姑娘害怕了，她不敢再迈半步。她知道，小伙子冲动的时候，什么事都干得出来的："那……你快说吧。"

"我们相处一年多了，说实在的，我哪点对不起你？为了你，有人给我介绍一个厂长的女儿，我连看都没看……哪有一对情人没在花前月下卿卿我我过？可我呢？为了尊重你，连手都没摸过……人家都说我太赔了，反正……"

"那你让我赔你什么？"

"反正……是精神上的事。你若不肯，咱俩今天就……"青年人说着，拾起一块石头，扔进湖里。听得出，湖很深，水一定很凉。

"那你说吧，看我能不能做到。"姑娘妥协了，未婚的姑娘大多都外强中干。

青年人得意了，他双手抱肩，昂着头，倚着树，盛气凌人地说："分手之际，你得同我做一次情人间最平常的事。做完了你走你的我走我的，咱俩一刀两断。"

"干什么？"

"吻我。"

"干嘛要吻？"

"这叫吻别，外国人分开时都这样。"

姑娘瞟了他一眼，没有动。喃喃地说："随你了。"

"到我跟前来。"他的语气里透着威严。

姑娘慢慢地走到了他跟前。

"抱着我，吻我嘴……"他像个讲师。

"这不卫生。"她迟疑了一下。

"我没有病，这是第一次，也是最后一次。"

月亮悄悄地探出了脸，它不知窥见了天下多少情人之间的秘密和隐私呵！两个人紧紧地拥抱在一起……

他俩都很兴奋，姑娘踮着脚，紧闭着眼睛，青年人身体微微颤抖……

"你走吧，我以后决不会去找你的麻烦。"他轻轻地推开她。

"不，我永远也不离开你。"姑娘柔媚地把脸贴在他的胸膛上，贴得很紧。

"你刚才还……"

"那是我妈的主意，她说你……"她刚想说出来，又咽了回去。

"说我什么?"他追问。

"说你像木头。"她笑了。

"你看呢?"

"我看你……像我家那只傻鹅。"

公园。长椅。垂杨柳下。依偎着一对缱绻的情人。这里是他们的初恋的地方，也是他们热恋的地方……

载于《精短小说报》

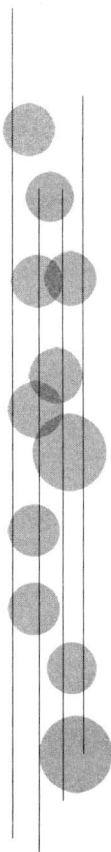

南方无故事

我曾有过一段浪漫之旅，在夏季的南方遇到了一位美丽的女孩，这段爱情故事迄今时常萦绕在心头。

那一年夏天我在家休创作假，刚好第一部爱情诗集出版并走红，迷倒了大江南北的少男少女。南方有一位叫罗谊的诗友，要好多年，多次相邀让我去南方走马观花，均因种种原因，而没能成行。后来，罗谊弃文从商，办公司做买卖，十年后成了富翁，很有名望。这次他又来信邀我，并告诉我，他买了一处新居，并给女儿买了一架大钢琴，欢迎我去做客。

盛情难却，我马上寄出一张明信片，告诉我即将动身。几天后，我打好行囊，握一张车票乘上了南去的列车，向一个陌生的海滨城市奔去。

当我按着信上的地址，找到了罗谊的家时，我简直不敢相信自己的眼睛，面前的新居是一幢漂亮的带花园的二层别墅的小楼。难怪罗谊非要弃文从商呢！看看人家想想自己，不禁心里涌起了阵酸楚。是呵，在中国当个作家永远是贫穷的。可既有了精神上的圆满，又何必顾及经济上的残缺呢？我又在这样安慰自己。

按响了门铃，一位清纯的女孩子打开门，当她听完我的介绍，很热情地迎我入楼。在会客厅的沙发上坐下，少女在给我端水果和饮料。我细细打量着这个女孩，一张白净的脸，细细弯弯的眉，很象一位日本少女。一头柔软的长发拢在脸后，很飘逸。女孩穿着一件宽宽松松的衣裙，款式很别致，在国内并不常见，令我的心怦然心动。我被这个女孩吸引了，尽管自己时时默默提醒自己，目光要检点，举止要儒雅，行为要规范……

"请问，你是？"我犹豫了一下，问道。

"哦，你不认识我，我可早就熟悉你了呀，我们班的三个中国女学生都有你的诗集收藏。"她望着我说，那神态，颇耐人寻味。

"我们认识一下吧。"她向我伸出手，"我是罗谊的妹妹，叫罗芬尼。我不喜欢哥哥写的那种诗，喜欢你的，算是你的崇拜者吧！"

"就是那个在外国留学的小妹妹么？"

"是的，我现在在加拿大蒙特利尔州立大学读法律，回国来度假。"

"只是今天真不巧矣，哥哥昨天与嫂子孩子去海南了，说要与一家外商谈一笔生意。"

我的心一下子揪了起来："怎么，他不知道我要来吗？"

"知道的，你的明信片昨天才到，哥哥临走时，再三叮嘱我要替他好好陪你。"

我在心里埋怨罗谊，这家伙要去谈生意，干嘛还要请我来。可既然来了，只好客随主便了。

芬妮把我领进了个房间，在浴室放热水，让我洗澡。等我洗完走出浴室时，见芬尼已经将我的衬衫和裤子洗干净晾上了。我又累又乏，想睡，躺在床上，心里热乎乎的，一股爱意盈满心头。眼前全是芬妮那美丽的倩影，就这样，我幸福地进入了梦乡⋯⋯

一觉醒来，天已近黄昏了，下床来到客厅里，见芬妮正坐在沙发上静静地读一本书，见我出来了她收起书放进小皮包内，然后对我笑盈盈地说："你醒了，睡得好么？"

"很好，谢谢。"我坐在了她的对面。

芬妮为我准备了一顿丰盛的晚餐，我俩一起吃，一起谈笑；一起议论着我们相互之间都感兴趣的事；一起诉说着彼此曾经有过的故事⋯⋯这顿饭一直吃到深夜。芬妮从她的卧室里拿出厚厚的一大堆杂志。一一摆放在我的面前。一看封面，我就知道这些刊物里都有我的作品。

"我很喜欢你的作品，不是当面恭维你，是真的，美丽、纯情、婉约、似诉似唱，尤其配上音乐朗诵，就更动人了⋯⋯"芬妮说着，眼眉垂下来，"这几年在国外很孤独，是你的这些美丽的文字，日日夜夜伴随着我度过了那么多寂寞的时刻，使我对生活充满了无限的憧憬和向往⋯⋯"

"真有那么大的魅力？"我被她的话感动了，对她说，"不管你说的是真是假，有你这句话，我知足了，这一生没白写。"

这一夜，我俩都没有了睡意，她给我弹钢琴，我给她吹长笛，我与芬妮都忘了时间，不知不觉中，天已经亮了。

一连几天，我跟芬妮形影不离，大街小巷飘荡着我们的欢声笑语……一天晚上，我与芬妮去影院看了一场很美丽很灵异的电影《珍妮的肖像》，我们都看得很投入，两颗心越靠越近……回家的路上，芬妮挽住我，小鸟依人般将脸儿贴在我的肩上，与我低语喃喃。我感觉她的神态有点异样。芬妮半睁着眼睛，向我射出一缕奇异的目光，那目光好温柔好诱人的，我的心在震颤。

回到别墅，我俩喝了好多红酒，酒意微醺，她拉着我走进了她的卧室。

"这样，……不好吧。"我暗暗告诫自己一定不要乱来呀！出事怎么对得起好朋友罗谊呢！芬妮是朋友的妹妹呀。

"在加拿大，有一个叫费思的温哥华小伙子，他一直在追我，可我……没有给过他半点机会，我就是要把自己……交给一个值得我爱的男人，我不让你走，我……"

我用力挣脱了她的手，我感到自己若待在芬妮的卧室，就马上有可能被她溶化掉。我想到了自己的恋人，她在家乡一定还在思念着自己，我不可以做对不起她的事。

我退出了芬妮的卧室，走出房门的一霎那，回头又看了她一眼，见她的脸正流动着两行泪水……

第二天，我收拾好行装，对芬妮说："我要回去了。"

"是我昨晚吓着你了吧。"芬妮不安地说。

"不是，不是，我的假期快到日子了，得赶回去上班了。"

"不能再住几天么？"

"不能了，已经出来好多天了。"

芬妮叹了口气，无奈地说："那好吧，让我送你，可以吗？"

车站的站台上，我握着一张芬妮为我买的车票上了车。车还没开，我又跳下车，跟芬妮怆然地告别："芬妮，谢谢你这些天陪我，并无微不至地照顾我，我永远也忘不了你。"

芬妮抬起一双泪眼凝望着我，悄悄地说："那天晚上，真对不起，你千万别……以为我是个坏女孩，我无法自持，你别怪我……"

"你是喝醉了。"

"我没有醉，我很清醒，因为……我喜欢你。"她从小皮包里掏出一本书，递给我，"请你给我签个名字吧，它要跟随我回加拿大的。"

我接过书，原来正是我的那本诗集。我掏出笔，在书的扉上端端正正地签了名并写了一行小字：美丽与幸福永远属于芬妮。

芬妮收起书，激动地凝望着我，然后，投入我的怀抱，把脸贴在我的胸前："认识你，真好。我还是中学生的时候，哥哥就把你介绍给了我，虽未谋面，可我，早就把你当做我的恋人了。这是文学的魔力，这是艺术的魅力，这是心灵的磁力。那时我就想，你就是长得像卡西莫多一样丑陋，我也要给你我珍贵的一夜，无怨、不悔。请原谅我的稚嫩与偏执。不管怎样，我俩在一起的时光里，我俩都很开心，我知足了。"

开车的铃声响了，我伏下身轻轻地吻了吻芬妮的额头："再见了，芬妮，忘不了你，谢谢你。"

列车开动了，载着我和南方一个美丽的梦飞回了北方。

一个月过后，我收到了好朋友罗谊的来信，他在信上告诉我，他是特意外出，想给妹妹和我创造的一个机会。他说因为妹妹那么深情地喜欢着我。我回想着与她在一起的分分秒秒，真的没有伤害过她，我不知道我做的是对是错，也许要再过几十年，我才可以得到正确的答案。芬妮走了，回加拿大去了，也许还会回来，也许永远也不回来了……也许罗谊会抱怨我迂腐，是个没肺没心的家伙，是个无情无义的木头……

我捧着这封发自南方的来信，心里一阵愧疚，可这时候一切都已经太晚了……我把这段故事永远封藏在心中，不愿对别人说起。只为了自己默默地咀嚼回味……

每每有朋友问起那次南方之旅的收获，我总是这样简单地说：南方无故事。

载于《知音》

无　奈

　　我与大志好得跟一个人似的，有事没事都爱去大志家玩。大志的母亲是热心肠，心眼特好，在学校当老师，我们都叫她吕姨，一晃几年过去，我们都长大成人。大志结婚早，儿子都抱上好几年了，我仍是孤身一个。

　　吕姨曾经给我介绍过一个对象，可那女孩又瘦又小，与我根本就不般配。一天，我又去大志家，见吕姨正抱着孙子玩得很开心，便走过去逗逗孩子。

　　吕姨关心地问我："小哲，有对象了吗？"

　　"没有。"我如实地回答。

　　"也该找啦，结婚太晚也不好。"

　　"是该找啦。"我应声。

　　"我知道有一个姑娘没对象，你俩的年龄也合适。"吕姨很认真地对我说。

　　"妈，是谁呀？你快说。"大志好像比我还着急。

　　"皮革厂老孟家那三姑娘。"

　　"哈哈哈……"我和大志都差点乐了个倒仰。

　　"笑什么？我说是真的。把孟三丫介绍给你做媳妇咋样？"

　　吕姨不懂我俩为啥发笑。这孟家的三丫本是我们中学时下一年级的，天生有点迟钝。当时曾以不讲卫生而闻名全校，我至今还能记起她那副"鼻涕过河"的尊容。我和伙伴们经常拿她开心，就连起誓都这样说："谁说谎，让谁这辈子娶那孟三丫。"她没有对象一点不奇怪。

　　"妈，你的眼力真不坏。"大志一边笑，一边搞怪地说，"小哲爱上孟

三丫好长时间了，就是没有人来成全。"

"真的吗?"吕姨睁大眼睛问我，"我可愿意做媒人啊!"

我含笑不语。和大志笑够了，就到里屋下围棋去了。

谁知没过一周，孟家三丫居然天天在我下班的路上截我，硬说我是她的对象。好事不出门，坏事传千里，很快这事就传开了，闹得我哭笑不得，无地自容。爱开玩笑的伙伴们一见我就开玩笑:"哲子，我看见你的三丫在树林里等你呢!"

大志知道这事，有些气恼地数落母亲:"妈，你可真是的，也不看看配不配，就乱点鸳鸯谱……"

"咋不配啦? 我看那孟三丫挺好，人老实，体格壮，不花哨。你若是还没结婚，我就娶三丫做儿媳妇。"

大志被气得躲进屋去了。

不久，吕姨又给我介绍了一个对象:"你嫌三丫土气，这回给你介绍个洋的。我看周丽那姑娘聪明，会说话，挺开朗，你肯定能中意。"

我一听，又傻了:周丽是个能同时跟三四个男人谈恋爱的主儿，谁敢要她? 这事也许只有吕姨不知道。这回我不敢含糊，明确地回绝了，以免再闹出笑话。

两个多月后，我从外地出差回来去找大志玩，吕姨依然十分关主地和我说:"阿姨又给你物色了一个对象! 这姑娘你保证会满意，她是我们……"

没等吕姨说完，我连忙说:"不，吕姨，我已经有了。"我急中生智地撒了个谎。

"是么，这可好啦! 姑娘哪儿的? 做什么工作呀……"接着又是一大串问话。唉，这个吕姨，简直比我亲妈还关心我。

这以后，我就很长时间没去大志家了。

半年后的一天，我又去大志家，恰巧在门口碰上吕姨出门送王波和一位漂亮的姑娘。我不由怔住，多瞟了几眼。王波是西院邻居，也是个大龄青年。

吕姨送走了来客，回来喜滋滋地问我:"你看阿姨介绍的这对咋样? 他俩今天领了结婚证，特地来谢我这大红媒的。"

"吕姨，这个姑娘，你咋没给我介绍哇?"我直冲冲地说。

"咦，我不是给你介绍了么？可你说你已经有了对象了，就是上一次啊！"

我望着吕姨那张充满认真的热诚的脸，吃惊地张大了嘴。唉，我算没戏了！

载于《山丹》

友 情

如果友情能从光屁股娃娃时开始，一直延续到大，那一定牢固得坚不可摧。不过，朋友交到这份上，实在不易。我与小熊的友情几乎达到这种程度，从幼儿园一直到初中，初中没毕业他就进工厂当了工人，我仍接着读高中，待业，上大学，只是在不久前，他开始慢慢疏远我了，为这事我好难过。

小熊念书时是全校的打架大王，喜欢惹是生非，三天拳头不打人就会憋得直叫。我与小熊一起玩，自然别人不敢欺负我。我俩好得像亲兄弟，不分彼此，形影不离。

第一年高考落榜，我尝到了待业的痛苦。那是一段十分荒唐的日子，没有工作干，心里空虚极了。那时，小熊的名声已经很难听了，在派出所里挂号。我时常被他们拉出来玩。夜晚是最开心的时刻，小哥们儿几个穿着喇叭裤，留着长发，弹起吉它，在大街的路口又唱又叫，还打口哨起哄。每当有女孩坐我们跟前经过，就免不了遭到一番肉麻的挑逗。有时还去偷袭那些正沉浸在爱情中的青年男女……

一天，我在家读拜伦的诗集，小熊跑来伏在我耳边悄悄问我："想不想去看小姑娘的那个东西？"

"什么？"

"这个。"他指指胸前。

我惊奇地问："哪个女孩肯给你看？"

他拉起我就走，神态既神秘又兴奋。

当时正是炎热的夏天，人们身穿的都很少，尤其女孩子的衣裙更是薄如蝉翼。来到一条街口，我见有一个叫杏子的女孩，正忙着替母亲卖雪糕，杏子长得秀气，我也喜欢多看她几眼。

杏子上身着一件无领的蝙蝠衫，宽宽松松的，很飘逸。小熊故意买了两根雪糕，当杏子伏身给我们取时，小熊悄悄示意我看向里，见杏子的衣衫前垂，两个雪白的乳房清清楚楚地暴露在我们的眼睛里。

我晕眩起来，我说这天太热。

回到树下，小熊得意地问我："怎么样，看见了吗？"

我闭起眼睛点点头。

小熊说："你注意没？她的乳房好大，你知道这意味着什么？"

"什么？"

"那东西很可能被男人动过。"

"真的？她可不是那种随便的女孩。"

"她好象很喜欢你呀，你喜欢她吗？"

"我怎么能喜欢她呢？开玩笑。"

后来，我考上了大学，与小熊的交往少了许多。过了两年，我们都仿佛长大了许多，小熊变化最大，像个成熟的大人了，在大街小巷再也看不到他那浪荡的影子了。

放假时我去找小熊玩，见他心事重重的样子，我问他怎么了，他却不说。他总是借口躲着我，我不明白，就问妈妈。妈妈说也许他见你考上了大学，觉得有差距了吧。我想，如果是这样，那小熊就太小心眼儿了，儿时结下的友情到现在多不容易呀，怎么可以说掰就掰呢？

最使我伤心的就是我毕业那年回家，妈妈告诉我小熊已经结婚了。我目瞪口呆地望着窗外，眼睛红了。

"他为什么没告诉我，怕我掏不起礼钱吗？"

"谁知道你们两个小鬼头是咋闹的。"妈妈说完，下厨房去了。

"我没有朋友了。"我赌气地把书都摔到地上，心里难过极了。

从此，我与小熊失去了联系，过了好几年，我才听说小熊娶的女孩原来是杏子。

载于《天池小小说》

周　末

　　丽丽酒吧是年轻人消磨时光、驱逐寂寞的地方，每到周末这里的男男女女显得格外多。简是这里的常客，他穿着十分讲究，西服革履，光亮的头溢着香气。喝酒、聊天、听音乐、跳舞……外面的一切都充满了烦恼，只要一走进酒吧的门槛，所有的烦恼便云消雾散。

　　菲偶尔来这里一次，多半是在周末光临，她说来这里玩的小伙子们并不太坏。

　　"我可以请你喝点什么吗?"简坐在菲面前。

　　"谢谢，我喝柠檬水。"菲一笑。

　　他俩相识了，彼此印象不坏。他开始向她倾诉自己的孤独，她就给他唱歌，稀释眉头紧锁的那道寂寞。

　　他俩相识了，几乎每天都来这里呢哝、私语、甜甜蜜蜜。周末就在这里泡一整天，不闭店不回走。简才意识到自己仍然年轻，仍然充满青春活力。

　　过了好长一段时间，酒吧老板没看到简和菲了，他俩常坐的那个角落也被别人占领了。

　　一年多过后，在一个周末，酒吧里又走进一个孤独的身影，那是简。他满脸愁容，头发蓬乱，酒量却增大不少，一杯接一杯地喝。有的女人在看他，他也看别的女人，目光里藏着钩子，脉脉含情。一位从肩膀裸到乳房上面一点的女郎扭着细腰坐在他身边。亲昵地问:"先生，你想我了么? 我能帮你的忙吗?"

　　简捏住女郎的手:"太好了，你把我……脑袋摘下来，拿到浴室里去洗一洗，我好闷……"

　　女郎吓得吐了血红的舌头，找个借口躲开了。

酒吧的大厅里，红男绿女们在跳着摇滚，室内灯光忽明忽暗，男人女人若隐若现，挑逗着人们的情欲。老板凑过来，见他苦着脸，就微笑地问："好长时间您没来了，怎么今天有空？那位菲小姐呢？"

"她？"简斜睨了一眼老板，又喝了一口酒："她当妈妈啦……"

"哇！恭喜您！您结婚了。"

简一摆手："我……已经离婚了。"

老板知趣地回到了柜台里面，音乐叮当作响，把人们神经绷得紧紧的。简端起酒杯，找到了一位独坐的姑娘，于是，两个人就喝酒。不久，他就把那姑娘揽进了怀里……

夜深了，那姑娘把简扶出酒吧。临走，简醉醺醺地对老板说："看，我又找了个女人，谁说……我没用来的？你能找到……找到这么漂亮的小姐陪伴吗？……"

"周末愉快！"老板送出了门口。

"周末……愉快，喝酒，好酒，愉快……"两个影子消失在夜色的灯火里。

大 兵

大地上最后一堆积雪刚刚消融，春天就吹着口哨，撒着欢儿，蹦蹦跳跳地来了。军营里的树和草地要比外面的世界绿得早，当男男女女的大学生们一踏进军营，营区春天里的第一朵杏花，便悄悄地开了。

大学生们是唱着歌，背着六弦琴，敲着饭盒饭勺来到军营的。这些在校园里自由自在的精灵，一穿上绿色的军装，便仿佛是一只只羽毛丰满的小鸟，欢乐地叽叽喳喳。往队里一站，挺着胸，昂着头，还蛮像那么回事。

大兵们平时在军营里很少能见到女人，如今一下子来了这么多活泼可爱的女大学生，自然个个兴致勃勃，一有空就爱往学生营房这边凑。训大学生跟训新兵完全是两码事，想摆弄好这些智商极高且思想活跃的年轻人可不简单。

国际贸易系（2）班一多半都是女生，首长派了一位作风过硬的四川兵来负责训练，他个子不高，二十几岁，十分健壮，是新转的志愿兵，同学们都叫他大兵。他那一口浓重的川腔，差点把姑娘们笑岔了气儿，李小冰还带头鼓起了倒掌，把个大兵闹了个大红脸。李小冰是全系最漂亮的女孩，性格泼辣，嘴很厉害，不饶人，不少跟她献殷勤的男生，都挨过她的奚落与嘲弄。

紧张而难忘的军训生活，在同学们的欢笑声中拉开了帷幕。

军队首先讲的就是军纪，大学生也不能例外。四川大兵训练时唬着脸，一脸阶级斗争。女同学逗他都不乐，不这样就甭想管住他们。到了休息时间，大兵又温存得像个大孩子，有人说他会"变脸"，挺逗的。

走步、排队、行礼、叠被……一切都得重新学起。大学生们平时调皮，可训练时还挺认真的。最令人头痛的是出早操，很多人都是起床困

难户。起床号天没亮就响，一连几天的早操都有七、八个女同学迟到。

大兵急得直跺脚，就跑到女宿舍去喊。

一位女生把门开了个缝，一边梳头一边说："嚷什么呀？我们没梳好头怎么出去见人！"

"又不是相亲，又不去上花轿，你们没有必要打扮成个蝴蝶嘛！"

门缝中又探出李小冰那张美丽的脸："喂，兵哥，火气别太大，你先等一会儿。"

"这里是军营，不是你们家。"

门被关上了，里面传出了笑声："听见没？兵哥还懂相亲。"大兵生气了，推门就闯了进去。

这下可炸了窝，只见有的姑娘还没起床，有的在梳头搽胭脂，还有几个光着脚丫凑在一起正学唱着《几度夕阳红》……

操场上，人总算来齐了。大兵一眼发现李小冰居然穿着高跟鞋，便把她叫出队列，当众狠狠地批评了她，并命令她马上回宿舍去换鞋。往回走的路上，李小冰忿忿地想，好你个大兵，就鼓了你一次倒掌，你还记在心上啦。哼，等着瞧吧！

晚上，熄灯号一响，灯是灭了，可女孩子们的嘴却堵不住。

"你说兵哥脸皮有多厚，丽丽还没起床，他就敢进宿舍来大呼小叫，真不像话。"

"外系的男生耳朵比猪还长，下午就知道了我被大兵堵了被窝子，真羞死人了。以后哇，我可不敢睡懒觉了。"丽丽委屈地说。

"他这一招可够损的，如果我是男生，我就躺在床上装病，看大兵咋办？"

"最好想个办法治治他才解恨呢。"

"其实四川的男娃娃长得还不错，就是矮了点，黑了点，头大了点……"

"嘻嘻嘻……咯咯咯……"

大兵独闯女生营房的事虽被当做笑柄来传播，可那些喜欢偷懒的却不敢怠慢了，只要起床号音一响，一个个保准往外就跑。丽丽总是首先往外跑，她没有勇气第二次"历险"，这些平时最能贪黑的夜猫子们，也真难为他（她）们了。

实际上，大兵是个挺可爱的男孩，他平时不爱多说话，喜欢静静地听同学们谈笑。一天吃中午饭，每人一碗肉汤，热气扑面。李小冰诡秘地来到大兵跟前，笑嘻嘻地说："大兵哥，听说你们四川人最爱吃辣子，我特意为你买了包辣椒面，请品尝。"说着，把手里的一包辣椒面像天女散花一样，往他碗里足足倒了半袋。肉汤立即红了起来。喝不喝？

学生们都饶有兴趣地望着呢！

大兵看着大家，一口气把汤喝了个光。口腔，舌头和肚肠被辣得好像着了火，眼泪都被辣了出来。好样的！学生们纷纷叫好，李小冰也服气了。

李小冰虽然很欣赏大兵的男子汉性格，可心里对大兵的火气仍没消除。她寻找着一切机会出大兵的洋相，有时弄得大兵哭笑不得。

学生们常常用外语交谈，大兵听不懂，一到休息时间，他就围着几个戴眼镜的男生转，一句一句地认真学。还跑到书店买来了英语书，看来大兵的自尊心还挺强的。

大学生来军营，信件便像春天的候鸟群一样翩翩地往军营里飞。因为每天的训练很紧张，为不影响大家，大兵每天都步行到10多公里以外的团部去取信件，有了包单还得去邮局替领，回来后把邮件亲自交到每一个同学的手中。有的同学生病了，大兵便默默地掏出自己的津贴买些水果送去。一位女生的母亲从很远的地方来看女儿，也是大兵借了辆自行车把人从车站接到了军营。

别看大兵不爱多说话，但他的心思却很细。班里每一位在军营里过生日的学生，几乎都收到了一张他赠的生日贺卡。礼物虽轻，情意却是沉甸甸的。

学生们对大兵的态度渐渐好了起来，虽然在训练时出了毛病大兵绝不客气，但大家还是从心里喜欢上了这位朴实的四川兵，喜欢他那一本正经的样子里透出的几分稚气、几分憨厚。训练项目一项接着一项，大学生们与大兵们的感情也一天一天地加深。

一次拉练途中，队伍从山林中穿过。李小冰掉队了，当她穿过一片草丛时，惊动了一条毒花蛇，蛇一口咬在她的脚上，吓得李小冰哭喊不停。大兵闻声赶到，不由分说，几把就扒掉了她的鞋袜，找到脚下踝处的伤口，用嘴猛吸，吸出了不少黑血。再用两根鞋带，紧紧地扎住她的脚，然后把她的枪扛在自己肩上，背起李小冰就往山下跑。李小冰被感动了，伏在大兵厚厚的背上抽噎起来……大兵的嘴肿得老高。

三个月的军训生活结束了，分别的时候，同学们和大兵都哭了，难舍难分。大学生们返回了校园，军营里又恢复了过去的平静，校园与军营之间却悄悄地绿起了一片温馨的邮路。

后来有一天，大兵收到了一封厚厚的、寄自校园的信。牛皮信封的封口很严，拆开一看，里面装着一封短信和一条洁白的手帕。

信上写着：

大兵哥，还记得我吗？就是那个让你头痛的女孩，就是那个被你从蛇口中救起的李小冰，对不起，我真不该捉弄你，你还恨我吗？三个月的军营生活让我学会了很多很多，你和你的战友们改变了我对当兵人的印象，联欢会那个晚上，如果我脚上没有伤，我一定会邀请你跳个舞。我永远也忘不了自己受伤的脚和你那被蛇毒害得厚厚的唇……现在，我的脚下全好了，谢谢你。赠你一条手帕，你要么？真的，我希望自己永远做你的小兵

小冰

再展开那条洁白、香浓的手帕，见上面一角歪歪地绣了一个"冰"字。

大兵手捧着这条手帕，心里顿时涌起了一股热流。不是有人说大学生是难以融合的水与火么？他回想起那些活泼可爱的大学生们，回想起与他（她）们朝夕相处的日日夜夜，回想起那个漂亮而调皮的女孩李小冰……大兵的眼里滚动着幸福的泪花。

载于《青年作家》

交 错

许小雨在学院颇受男同学青睐，模特儿般的身段，秀气的脸蛋再加上一头黄焦焦的头发，嘿，活脱脱一副洋气的女性美！我那时特清高，感情忽冷忽热，也没把她放在眼里。

政治系的王老师喜欢写作，我常去找他聊文学。一天，我与王老师买了瓶特酿，一起上山寻找感觉。山上住着一位种菜的朋友，早就邀我们上山去吃吃。路上，碰上了许小雨，她说想上山采黄花，于是我们结伴而行。我跟她是一个系的，她比我低两届。

上了山，我们在绿草丛中采撷黄花，王老师的山歌唱得棒极了，这山上寂寥，歌声能飘很远很远。玩累了，我们一起来到了朋友家。朋友是一位憨厚的菜农，见我们来了，一家人乐得找不着了北。女主人马上下地去摘各种蔬菜，小雨陪她下厨掌勺，做了不少菜。有土豆炖豆角，黄瓜凉菜、蛋炒黄花、烧茄子、糖拌西红柿……每样菜都做了一大锅。这顿饭是我在大学的四年中吃得最开心的一顿，在下山的路上，我不禁称赞她说："没想到，你下厨的手艺还这么好。"

"如果有肉，调料再全，保证做得还要好。"她并不谦虚。

我们继续交谈，谈学院食堂的饭菜连猫都不爱吃，谈考试的成绩代表不了真实，玩命学的才得70分，不学的靠作弊居然得90，不公平。王老师见我们谈得火热，知趣地放慢了脚步，远远地跟着。

"听说你在搞创作呢。"她的话题一转。

"啊，没这回事。"我最害怕别人问我泄气的事。

"我读过你的作品，很喜欢。我对文学没什么爱好，但我的钢笔字写得很漂亮，你以后忙不过来，可以求我帮忙呀。"

"谢谢你。"我发现这女孩非常自信，且又善解人意，将来一定是个

不错的妻子。

从这天起，我才注意起许小雨，她不仅有一个很诗意的名字，而且还是一个极有魅力的女孩子。

临近毕业的时候，小雨来宿舍看我，我们又回忆起那次上山采黄花的情景。

"还想去吗?"我探试地问。

"你呢?"她兴奋地望着我。

第二天，我俩如约而来。秋天的山上树叶像一团团燃烧的火焰，我与她在山顶静静地坐着。坐累了，我就躺在草地上仰望蓝天上飘游的云彩。我们谈到幸福，谈到爱情。我说一个人能否得到爱并不重要，重要的是有没有真正地爱过；她说如果得不到爱是残酷的，也失去了爱的意义。我说婚姻并不能标志爱情；她说爱情达到一定高度必然要升华到婚姻，没有爱的婚姻是不道德的。我说人与人相爱跟用婚姻锁链把两个毫不相干的男女拴在一起是两码事，爱就应该给相爱的人一个充分自由的天空；她说自由也该有个尺度，不能不顾伦理和道德……我与小雨的观点有明显的分歧，我不想再争执下去了。

我喜欢上了她，半真半假地说："小雨假如我将来有一天向你求婚，你肯不肯嫁给我呢?"

"不知道。"她歪歪头，抿起嘴偷偷地笑。

我有了把握，从身旁摘了一朵花，对她说："我送你一件礼物，你闭上眼睛。"

她很听话，真的闭起眼伸出了手，以为我会送她那朵花。

我探近了身子，在她脸上吻了一下。她好像被蜂蜇了一口，脸红起来，愤怒地责怪道："你干什么? 经过我允许了吗? 这么轻浮。"

我俩在原地沉默了十多分钟，她拍拍我："回去吧。"

我希望她向我道歉，就没动。

"你认为我俩有必要继续坐下去吗?"

这种话简直能把人气疯了。

"你不走，我可要走啦。"

她见我没有反应，真的扭头下山去了。我认为她不过是吓吓我，一会儿就会从旁边转回来，可等了十多分钟，也没见她回来。我往山下跑，

远远地望见她已走到了夕阳那边，踏上了那座铁桥，翩翩的身影披上了一身晚霞的余晖。

我一路小跑，追上了她，本想好好地敲她几句，但我却只冷冰冰地说："后悔了吧。"

"什么?"

"跟我上山你后悔了吧。"

"哼!"她高傲地昂起头，不理我。

我再也忍受不了这种傲慢无礼的态度，撒开她独自逃走了。

过了两个星期，她给我写来一封信：

盼了好久，原以为你会给我写信或来找我，现在我不得不失望了。本来是你冒犯了人家，就不许治治你吗?下山时，如果你对我说一句：你还生气呀?我的怨气就会立即烟消云散的，说不定还会与你重返山顶!可你却说了那种不近人情的鬼话，什么叫后悔了呀?如果后悔我肯跟你上山吗?我也不是那种做事容易后悔的女孩。而你呢?一个男子汉，连这点自信心也没有，叫我好失望。不可想象，我若嫁给一个缺乏自信、不会体贴人的家伙该多么可悲。我想了很久，是我们俩的位置站错了呢，还是我们的恋爱观摆错了?也许都是，也许都不是。对于你，我不想再多说什么，只能默默地祝福你了。

许小雨

从此，我与她之间便再无故事。我俩从遥远走到一起，又从一起走向遥远。就像一首歌唱的，所有的远行，不全是为了追随；所有的回首，不意味着想要后退；所有的懊悔，不全是由于心碎；所有的自信，不意味着尽情回味。两个人既然像流星一样交错而过，心与心便成了两条靠不拢的铁轨，爱与爱将永远无法飞回……

载于《短篇小说》

多色裙子

四点钟，三个姑娘穿着鲜艳的裙子，兴高采烈地来上班了。连衣裙、罗兰裙、短袖裙……红色的、白色的、黄色的……像三只轻盈的蝴蝶，飘进了车间更衣室。

不料，车间主任老孙正坐在屋内等着她们。

“主任，您来啦！”白裙子甜甜地说。

“来批评你们。”老孙板着脸说。

“我们咋的了？”

“还问我？你们昨晚下班干啥去啦？”

“跳舞去了。”红裙子疑惑地说，“我们约好了的。”

“半夜三更的，不好好休息，跳那玩意儿做啥？姑娘家，要有个好做派。不要整天疯疯癫癫的……”

“跳舞并不是坏事呵，既能娱乐，又可以交朋友。”黄裙子争辩着。

“年纪轻轻的，不要整天就知道什么交朋友哇，谈恋爱呀……应该把精力都用到学习和工作上去。你看看你们穿的，花里胡哨，像啥样子……”

“我们爱美，五讲四美也要求仪表美嘛。”红裙子噘起了红红的小嘴。

“我不反对你们臭美，可美也得有时有晌的。你看二车间的小王，你们一起进厂的，人家都上了电大，全厂谁不夸她？”

“她呀，二十几岁人，打扮得像个老太婆，没啥可羡慕的；电大她能考上，我们也能。主任，信不信由你，咱们明年见。”白裙子不服气地说。

“对，我们既要考上电大，还要——美。”三个姑娘调皮地对付着主任。

这时，交班的铃声响了。

"美，美吧！还不快去接班，愣着干什么？"孙主任急了，瞪着眼睛。

姑娘们互相对望了一下，黄裙子说："主任同志，您是不是应该回避一下？您在这儿，我们换裙子不方便……"

孙主任怔住了，突然觉得血压急增。红裙子、白裙子、黄裙子在眼前飘忽着，变形着……

载于《小小说》

愚人节

你知道 4 月 1 日这天是什么节日吗？愚人节。

那天，陈江和黄小飞俩人写了一则广告贴在海报栏里，上面写着："今晚礼堂联映美国获奥斯卡大奖的影片《金色池塘》和《星球大战》，请各系各班文艺委员去东楼 328 室购票。"

陈江和黄小飞都是书法爱好者，墨笔字写得潇洒漂亮。广告贴出去后，陈江和黄小飞悄悄溜回宿舍，蹲在门后从门缝里往外窥望。不久，各班的文委们兜里装着钱纷至沓来。走进东楼便逐门寻找，等找到 328 室一看，气了个倒仰，见鬼，是个厕所！

他俩再也忍不住了，捂着被笑疼了肚皮，出来告诉大家今天是愚人节，文委们才知上了大当。顿时，走廊里笑骂声不断。最后来买票的是公关系 90 级文委叶茜茜，她见陈江和黄小飞这两个家伙乐得那么开心，就对他俩说："还笑呢，教务处的教师们正找你俩呢！"

"干什么？"陈江收住笑，急忙问道。

"上午，两位省书法家协会的同志来咱校办事，看见了你俩写的字后大加赞赏，他们找到了教务处，说要准备推荐你俩入会呢！"

"真的么，他们在哪儿？"黄小飞急不可待地问。

"今天下午 3 点在学生大会议室举行书法讲座，课后书协的同志要与你俩见面。"叶茜茜说完，就跟一群文委们走了。

黄小飞乐得一蹦多高，搂住陈江的膀子："没想到，真没想到……"

午后 3 点举行讲座，他俩 2 点就到了。平时总是挂锁的会议室，今天开着门，里面却没有人。他俩就先进去坐在最前排的位置上，一排排折椅空荡荡的，很久一个人也没有来。

　　到了 3 点，还是没人来，他俩以为也许是弄错了时间。于是又耐心地等下去，一直等到 5 点，天都快黑了，还是没有一个人进来。他俩再也坐不住了，抱起一大堆书法条幅往外就走，忽然发现会议室的各个窗子外面，趴着一个又一个姑娘的脑瓜，那是各班的文委们正冲他俩开心地笑呢⋯⋯

载于《芒种》

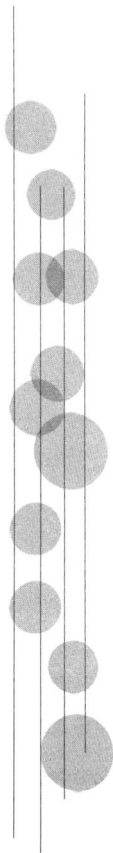

追 谣

　　某农大在离市区 30 公里的郊区，校园环境幽雅。路北学生宿舍附近，有一片林子，古木苍郁，百草丛生。颇有些神奇色彩。夜晚，这里就成为爱情世界。

　　传说夜的林子里，深幽、迷幻、阴森，常有一群狐狸出没。园艺系一个男生，爱好文学，夜晚写诗滞笔，走进林子寻找灵感，遇一狐狸，变成美女，浑身香气，搂住他就亲嘴……吓得他抱头逃窜。农学系一位新入校的女生，晚间独自在林子里散步，被两只狐狸缠住，变成两个男人，将其拖进了林子深处……

　　消息传开，学生、教师谈"狐"色变。女学生天没有黑就不敢出门了，就连上厕所，也要几个人结伴而行。

　　校保卫科、学生会与派出所的干警联合成立了侦查小组。生物系和兽医系的教授们，也忙着查阅资料，研究狐狸迷人的科学依据。不久，一位教授说，狐狸与人接吻，是因为它爱舔人的口水。狐狸之所以迷人，是它能吃致幻植物，然后通过消化系统吸收，进入血液循环，再施放出幽香。人一旦吸香入肺，便头脑迷离，四肢无力，失去抵御能力。

　　没过几天，案子破了。原来那园艺系的男生进了林子，被等在那里的一位女生误认为是来赴约的男友，那个女生则是被两名校外的流氓……

　　校里决定让保卫科长率调查小组，对狐狸迷人的传播者进行追查。顺藤摸瓜，最后集中到王秘书头上。

　　"你为什么宣扬鬼怪迷信思想？"保卫科长质问王秘书。

　　王秘书满腹委屈，吞吞吐吐地说："我……我也不相信这些，我是听……听你爱人说的。她说是、是听你……"王秘书没说完，便无奈地瞟了保卫科长一眼。

"什么?"保卫科长怒目圆睁。

"没错儿,去年在杭州开会。看完了《白娘子和许仙》后,你给她讲的……"

科长搔着头皮,拍拍脑袋:"噢——那是说着玩的嘛。咦,那我跟我老婆的私下话,你怎么会知道?"

王秘书突然间感觉到了尴尬,他吱吱唔唔地说:"……都是,道听途说哈,道听,途说……"

载于《山花》

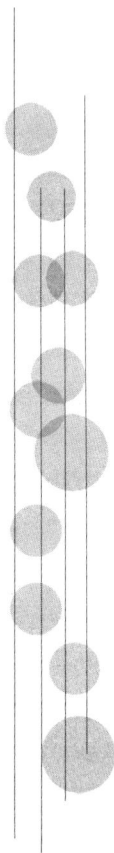

打 的

快到年关了，从北方一个穷乡闯来两条汉子，住在小城的一家店里。

小城人生活得很富裕，大街小巷里的"的士"像秋天野地里的草蜢一样多。两条汉子高个的是兽医，矮个的是屠夫，两个人是想来小城挣点钱的。

俩人在城郊一个集市摆了场子，兽医管捆，屠夫管杀；一个按倒，一个操刀，干得干净麻利。一天工夫，连取 16 条猪命。按每条命 40 元得利，俩人共收得 640 元。

天色渐晚，两条汉子蹚着夜色往店里奔。店好远，两人又累又乏，只听屠夫气喘吁吁地嚷："累死啦!"嚷罢，咣当一声将杀猪刀扔到地上，自己坐在了路边。

"弟，得赶回去，店都包了，不住也算钱。"兽医拾起血刀，替他拎在手里。

屠夫用黑掌抹了一把血汗："走不动了。"

"要不，打个的士？咱也坐坐四只轮子风光风光。"

"可咱村人看不见。"屠夫的眼睛一亮，又暗了下来，"打的好贵，能行?"

"贵就贵，反正钱咱也挣了，明天多扔几把力气，捞回来。"兽医说。

于是，两条汉子在路上拦车。车灯闪烁，一辆辆的士从他俩面前驶过，却任凭他俩怎么招手，车就是不停。兽医纳闷儿，这小城的龟司机咋不会接生意？

屠夫性起，把粗壮的腰身横在马路中央，看哪个狗日的敢开车从身上压过去。这办法果然灵光，不一会就叫停了一辆"乃茨"。车上两人，一男一女，女的开车，男的押车。两条汉子拎着血刀沉甸甸地钻了进去。

"去、去、去哪儿?"押车的男人头也不回地问。

"回城中小马家店。"

车发疯般朝前疾驶,两条汉子顾不上劳乏,两只硕大的头兴奋地向车外张望。兽医的手从怀里掏出一张沾有猪血的大团结,捏在手里,等车到达后,下车把钱递了过去。怎奈,那押车的男人面色苍白,连声说:"大哥,不要钱的,坐趟车叹,钱您拿回去吧!"

接连几天,两条汉子所打的"的士"没一个司机肯收他们的车钱。

"哥,这城市人果然富,坐车都不收费。"屠夫说。

半个多月后,年也过去了,猪也杀光了,钱也挣足了。两条汉子去浴池洗去了浑身的汗臭和满脸血污,扔掉了那把卷了刃的杀猪刀,各自去百货大楼买了一套西服,衬衫、领带、皮鞋,穿上还满象那么回事的。他俩想穿回去给乡里老少爷们儿显一显……

兽医又潇洒地叫了一辆"的士",直奔客运站。

到站后,俩个人二话不说,准备扬长而去。却被司机跳下车一把拽住:"两位还没给车钱呢。"

"你们这儿的出租车不是不收钱吗?"

"笑话,你们到全世界找找,看看哪个城市坐车不要钱?"司机挖苦说。

"真的,俺俩在这半个月了,打的从来都没有人要钱。"屠夫说。

"少罗嗦,你以为你是国务院总理呀?掏钱吧,20块,少给一分你俩也别想离开。"司机很凶。

"给你。"兽医将两张大团结按在司机手里,细看这司机,正是第一次打的那天那个押车的男人。

"乃茨"开走了,一团烟雾四处散开。

"娘的,这城市人,阴阳脸,今天要钱,明天又不要钱,真他娘可恶。"屠夫粗声粗气地骂。

两条汉子乘火车回北方去了,回到村子里。乡亲们都不相信有这事,哪朝哪代,坐车还没听说有不要钱的,尤其是打的。

载于《瀚海潮》

眩　惑

　　车厢里的七月总是很闷很闷，我蜷缩在卧铺上昏昏睡去，又昏昏醒来。一架铁路桥从我们的头顶伸过来，又一列火车缓缓地从瞳孔里经过。我们这列火车里的人都没往窗外望，唯有我像突然来了灵感，迅速从铺上窜下来，将头伏在车窗口，目光便与那列火车上的一双目光蓦然相撞了。毫无疑问，她也在看着我，但谁的脸上也没来得及流露表情，两列火车便轻轻错过。

　　那是一个年轻的少妇，隔得很远我无法判断她美或不美。但她一定有其内在的魅力或别的什么，让我看上一眼之后便无法忘记。我敢打赌，她如果不是相当漂亮，就一定是个不同凡响的女人，可以在某一个瞬间突然释放出她从前所不曾有过的美丽，而迅速彻底地诱惑抑或征服与她心灵相通的男人。

　　正在凝思遐想的时候，两列火车都慢慢地停下了。我没时间去看表，而在注意看窗外的站牌，列车开到了秦皇岛。

　　每当见到一位能令自己刻骨铭心的女人，心里都会产生许许多多的联想，过后不久便感觉这个世界很无奈。我重又懒懒散散地爬回卧铺，蜷缩起来，下铺是空的，尚未有人来占领，我的脚就可以悠然潇洒地垂下去，摇摇荡荡。我很清楚，现在胡思乱想什么都是多余的。两列火车还在眉来眼去地喘息着，我与那个女人却谁也不会为了对方而走下自己的列车，放弃自己的方向。一切都只是在瞬间望一望，感觉一下罢了。

　　脚不知悬空荡了多久，许是有点累了，才缩回来，眼神不经意瞄了一下身底下的空卧，不知什么时候，那儿已经坐上了一位年轻的少妇令

我吃惊地叫了一声。列车还在前行，她不正是那列火车窗口前见到的女人吗？世界怎么了？我暗暗问自己，为什么在我的周围总是出现奇迹？

不知道从哪里弄来了勇气，我又从上铺翻下来，坐在下铺她的身边。少妇的脸依然像方才一位静悄悄地对着窗外，神情属于忧郁的那种。虽然没有正睁看我，可从她身上溢出的那异样的颤动，我分明发觉她已感到了我的临近。

"从秦皇岛上来的？"我有意把语气调整得亲切自然而不牵强。

少妇转过脸来，朝我友好地笑笑，没有说话，那神态是肯定的。

"这是一种缘分。"我不想挖掘她从那列火车上来到我身边的缘故，我只觉得人与人的头顶都有一条看不见的线，而能够随意摆布人的命运，手握缘线的那个家伙就是神灵。

"缘分？"少妇诧异地睁大眼睛。

"对，是缘分。"我说，"方才你还在那列车上，而现在却坐在了我身边，人海茫茫，好多事情就是这样微妙有趣。"

她像是听懂了，点了点头："也是，两个本不相识的人，能面对面地坐在一起，就是缘，可这缘……"

"只要有缘，随之而来的就会有一切。"

"会这样么？"

"当然啦！"

于是，我与少妇似乎已经达成了一种默契。我俩都不说话了，互相对望不停。

车过山海关，车厢里憋闷程度稀释了许多，空气凉爽了，人的心情也随之好了起来。她静静地躺在铺上，修长的腿暴露在我的面前，腿上的长筒袜退到脚脖，像是两只丝织白脚镯。她的脚下渐渐地引起了我的注意，小巧、细腻，光洁如玉，我暗暗惊叹她的母亲怎么会生给她这样一双漂亮的脚丫……

车不知开出了多远，那少妇开始收拾东西了。我知道这是她即将下车的预兆，眼睛不住地跟着她。

少妇从我身边走过去，然后才扭回脸，脸色绯红地对我说："我不是在秦皇岛上的车，我是从始发站上的，后加的铺，我也没在车窗前看见过你，但我相信我们俩也许有缘。或是从前，或是今后……"

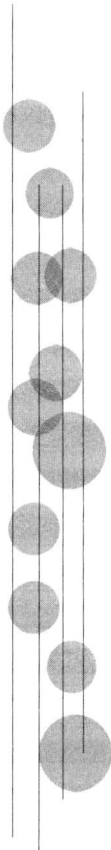

　　她下车而去，我愣了一会儿，再仔细望望她在站台上远去的背影，感到这女人似乎真的不是那列火车上的少妇。可惜我没看清那少妇的背影……

　　我回来后，把这事讲给好友听，好友哈哈大笑，只说了两个字："闷骚！"

载于《清明》

化装婚礼

早上一上班，智人就乐滋滋地将一盒红塔山香烟分给大家抽。瞧他那一脸兴奋的笑容，显然还沉浸在昨天婚礼的氛围里……本来，给儿子娶媳妇是一件高兴的事，亲朋好友，来贺喜的人不少，领导们也都来参加了。

智人的人缘好，原打算体体面面地操办一下，摆上二十桌席，热热闹闹、红红火火。可是人家小两口却主张喜事新办。新娘子在剧团工作，是有名的花旦，她的同事们特地为这个婚礼导演了一出好戏。就连智人这老公公也不知内情。总之，智人把办酒席的钱都交给了儿子，一切就让年轻人去弄吧，他跟老伴也免得操心了。

结婚那天，才真叫热闹，地点在离市区20多里远的剧团。敲锣打鼓放鞭炮就不说了，剧团的导演别出心裁，搬出来好几百套各个朝代各式人物的古代戏装，让大家穿上，好一个幽默滑稽的化装婚礼。虽无酒宴，可茶水、糖块和水果管够。刘主任当了包公，武局长当了张飞，夏副局长当了程咬金，艾琴科长当上了苏兰……精彩的节目一台接一台，一幕连一幕，整整把个小礼堂闹翻了天。仅电台、电视台的记者就来了一大帮。

来宾们都过瘾了，大家第一次领略到这样一场别开生面的婚礼。智人穿着潘仁美的衣服，在来客们中间跑来跑去地应酬着，他满心欢喜，这样的婚礼，既符合上级倡导的喜事新办精神，又使自己节省了一大笔花费，而且如此热闹、圆满、实在妙不可言。

婚礼整整闹到天黑才散，剧团派几辆大卡车把大家送回了市区。

第二天，智人临上班前对老伴说："瞧吧，今天我上班后，同事们准得把我围成个团儿。"

单位里的人都来齐了，人们的表情并不像智人预想的那么热烈。人们抽上他敬的香烟，埋着头工作，昨天那激动人心的场面仿佛已经过去了一个世纪。武局长、夏副局长平时脸上的笑不见了，大家见了智人都显得很冷淡。

智人感到十分困惑，莫非大家一夜之间集体感冒了不成？

午后，智人垂头丧气地往外走，他的密友郭念祖从后面悄悄跟上来，拍着她的肩说："智人兄，你昨天搞的叫啥名堂嘛，儿子结婚这么大的事谁不趁这机会粉饰自己，笼络人心呀！你却办得如此荒唐。"

"不好么？我觉得还不错呀。"智人摸着脑袋说。

"别提啦，让大家都穿上戏装，猫不猫狗不狗的，把领导们都当猴耍了。"

"领导们真是这样想的么？"智人顿时身上冒出了冷汗。

郭念祖咧了咧嘴："嗨，你没见今天大家对你的态度吗？智人兄，你咋聪明一世，糊涂一时了呢！咱中国可不兴外国那一套，讲究实惠，你办得再花哨也不如一顿酒菜。你知道有多少人早晨都是特意空着肚子来的，没想到挨了一天饿。你也不缺这点钱，而且大家的礼钱你也都收了，有金子为啥不往脸上贴呢？你把那些大肚子给饿了一整天，今后还想有你好的呀……"

没等郭念祖说完，智人几乎瘫倒在了路上。

载于《青年作家》，《微型小说选刊》转载

怪　网

陈江家中什么都有了，唯独缺少一位女主人。并非他生得丑陋而得不到姑娘的青睐，就因为他家穷，曾吓跑了不少女孩。如今他已经 36 岁了，短短的十年里，他起早贪黑做起了生意，吃了不少苦，硬是改变自己的窘境，成了腰缠几万元的富户。

他忘不了美凤，跟她分手时，她曾说过："等你啥时有了钱，我再嫁你。"从那时起，他发誓要赚钱，准备给那些市侩的姑娘们矫正一下近视眼……现在他实现了愿望，可此刻美凤的儿子都能去打酱油了。

这天，陈江突然收到一封奇怪的信，只有几行字，没有落款，也没有寄信人的地址。

陈江：

收到我的信你会奇怪的，因为在你的记忆中似乎根本找不到我的影子。其实，我已经注意你好长时间了。你富了，我很钦佩你的才智，你是有出息的。你深深吸引了我。如果你肯赏脸，我想在本月 24 号晚上 7 点至 9 点，约你在西郊教堂后墙的第二棵树下见面。不见不散！

骗局！这种鬼把戏居然也要耍我陈江。他把信扔了几次，又捡起来几次。一定是哪个朋友在搞恶作剧，他不相信会有这样的姑娘在注意自己。若在十年前他还相信，尽管自己那时很穷，但为人正直、真诚，对谁都掏真心。而现在自己的外表和内心都被金钱锈蚀了，与人交往中充满了虚伪，在生意场上也都是明争暗斗，多有手脚，坑害了不少人。不这样干怎么能富得快？他知道，好姑娘是不会喜欢现在的自己的。可爱钱不爱人的女人还少吗？没准儿这个主就是。

陈江睡不稳觉了，那封信时刻都在脑海里晃着，晃着晃着就变成了一张女人美丽的脸……他不想去赴约，怕真的是朋友们拿自己开心，出

自己的洋相，但又很想去看个究竟。矛盾的心理缠绕着他，使他进退维谷，左右为难。

干脆不去，撕了这信，一个男子汉怎么还没有这点魄力，生意上如果染上这性格可不得了。但当他看着信上那几行清秀的小字，就又失去了撕信的勇气。

日子终于过到了 24 号，陈江这一天强迫自己忘了这件事，让那些看热闹的人看他们自己的热闹吧，陈江可不上你的当。

晚上 6 点，他坐在沙发上如坐针毡，那封信又晃了起来，那张美丽的脸又向他微笑了。他想，或许真是一个偷偷爱着自己的姑娘在教堂后等着呢，如果不去岂不是又错过一次难得的机会？无论结果怎样都应该去。为了不让今后后悔，他终于下决心去赴约，就是落入网里被伙伴们笑掉大牙也认栽了……

陈江锁上门，急匆匆地来到汽车站，乘郊线汽车来到了西郊。看表，还有五分钟，他一路小跑，跑到了教堂后墙，找到了第二棵大树，再看表，正好 7 点，他心疾跳起来……

陈江在冷风中足足冻了两个小时，在黑黑的夜里，却没有一个姑娘的影子出现在他的面前。他踽踽地往回走，那种遭受戏弄的心情，不仅想要骂娘，他恨不得马上能找到一个人决斗。本来明明知道这是一场骗局、一张怪网，可自己为什么还要往网里钻呢？末班车早就开过去了，他只好一步步往回丈量着自己的懊丧和恼恨。

回到家时，他被眼前的一切吓傻了。这里门敞开着，屋里被翻得杂乱不堪，彩电、音响、凤凰车、名烟名酒、箱子里的毛料和五千块钱都不翼而飞了……

载于《青春》

位　置

　　我有个诗友叫陶词，朋友们都戏称他为陶瓷，他一笑了之，并不在乎。他的诗很漂亮，基本功也扎实。据说他爷爷是清末的举人老爷，通晓诗文。受其熏陶，他从 5 岁就能背诵唐诗 300 首，9 岁能默写宋词 300 章，曾被当成神童宣传过。陶词的诗人梦从 12 岁就开始做，一直做到现在。虽然只有寥寥几首被县级小报印成铅字，但他仍然孜孜苦求，沉湎其中。

　　陶词非常勤奋，除了上班，其余大部分时间都用在写诗上，一写就到深夜，连跟老婆亲热也舍不得多花时间。

　　"写不成就别写了，你是不是诗人对我来说并不重要。"

　　妻常常这样劝他。

　　他每次听到这话，脸就变得十分难看。

　　"你也相信我不是写诗的料?"

　　他的目光放射着痛苦。

　　"不是这个意思。陶，别写这馊玩意儿。真的，我只是担心累坏了你的身体，我们过过正常人的日子不好么? 你可以去玩游戏机、跳舞、甚至打麻将……我都支持你。"女人伏在他的肩头上绵绵地说。

　　"我真不甘心呀! 我的诗哪一首比他们那些发表的差? 可为什么编辑不给发表?"陶词垂头丧气地敲起桌子。

　　他 10 多年前就做好了当中国大诗人的准备，他对自己的诗才非常有信心。他有自己的书斋，有自己的写字台，就连笔名也准备了一串儿。

　　"不是你的诗不好，只怪现在诗坛风气不正。20 世纪的人写诗，非说要给 30 世纪的人看，再加上二百五的诗作者遇上二百五的诗歌编辑……"女人也愤愤不平。

陶词不听劝，依然将心埋在诗堆里，每天凝神锁眉地拼积文字、家务活儿一指不染。

女人心里有气，索性也丢开家务，搬个小凳也学着老公写起诗来。陶词讥笑她，连百家姓上的字儿还认不全呢，也想写诗？真是自不量力。

可是没有多久，女人就收到了一家非常有名气的大诗刊的来函，信上高度评价了她的诗，具有超前意识，具有深奥奇妙的艺术魅力。并通知她的这一组诗已经被采用了。

陶词从女人手里接过用稿通知单，他不敢相信自己的眼睛，这简直成了天方夜谭了。妻子则得意洋洋地炫耀说："咋样，我比你强不？"

陶词不语，他无言以答。

又过了一些日子，那家大诗刊社把样刊寄来了。陶词仔仔细细地从头读到尾，没有一首诗他能读懂。再看妻子的诗，更是莫名其妙，驴唇不对马嘴……也许这就是新潮？还是自己眼拙？他苦思不解。

"怎么样？感觉如何？"妻问他。

"我根本没看懂你写的什么，能解释一下吗？"

"这就对了，我悟出了写诗成功的契机。"

他一怔，盯着女人。

"诗不是我写的。"

"你说……这诗不是你写的？"

"真正的作者应该是你。"女人说完，嘻嘻地笑了起来。

他越发感到糊涂了。

"你把每一句诗从后向前念。"他进一步启发着丈夫。

陶词恍然大悟，果然这几首诗都是自己从前写的，妻子只是将原诗反方向一字未动地抄了一遍而已，他一时感慨不已，久久地呆望着……

傍晚，陶词把一摞厚笔记本端到妻子面前，对她说："今后咱俩换位置吧，家务每天我来做。我这里还有800多首诗，够你发几年的了。"

"你不当诗人啦？"女人疑惑地望着丈夫。

他苦笑了一下，心酸地说："不当了，我真的不是这块料，看来你比我更合适。

载于《青年作家》

超　越

宇航员是一项令人羡慕的职业。孰知，每个宇航员都有自己的苦衷。就说失重吧，当火箭挣脱了地球引力后，你面前所有物体便会云朵一样飘起来，而且极不太安分。稍不留神，就会被碰得鼻青脸肿，连大小便都得用特制的马桶。

航天部大厦会议厅内，部长和博士们正在审议一份宇航员进驻太空的人选。这是一次相当精密、严格的太空科学实验，要求男女各一名宇航员进驻宇宙空间轨道站，进行细胞、组织、呼吸、循环、神经、内分泌和新陈代谢等一系列医学生理实验。宇航员在太空的一分一秒都非常宝贵，必须得具备惜时如金的观念。决不允许男女之间发生浪漫的事情，以免分散精力，导致实验失败。这样，就得选择平时作风正派，对待男女关系态度谨慎，保守的宇航员才行。

面对名单上密密麻麻的名字，博士们茫然了，谁也不肯担保哪个人。因为一旦出现差错，自己是要承担责任的。最后，人们把所有未婚的宇航员的各种数据和资料，全部输入给了电脑。电脑处理后，荧屏上出现了威尔逊和康妮的名字。

据了解，威尔逊与康妮曾是高中同学，因为彼此关系不睦而互不理睬。追溯历史，他们的祖上就是对立的两大家族，过结颇深，恩怨未了。他们父辈的仇恨更是不共戴天。高中毕业后，康妮考上了女宇航员，威尔逊落榜，到军队里服了三年兵役。做飞行员退役后，他不甘示弱，经过多方面努力，也考上了宇航员。平素，他俩是互不搭理的冤家。冤家路窄时，俩人便呲鼻瞪目，冷眼而过。

博士们一致认为，两个冤家在一起工作，保险谁都不会比谁干得

差。别说亲近，恐怕两个冤家连句话也不肯说呢！经过几个月的地面模拟实验，在一个漆黑之夜，威尔逊与康妮乘上了载人火箭，飞向了太空。

他俩安全抵达宇宙空间站之后，立即与地面控制中心接通了联系。不久，就开始了正常工作。根据他俩从太空传回的信息，一项项医学尖端实验在地面得到了突破性的成果。他俩工作得非常出色，多次获得国家元首的称赞和航天部大员们的奖赏。博士们不禁对电脑的分析和处理结果肃然起敬……

一年以后，威尔逊和康妮完成了预定的任务，乘航天器返回了地球。由于他俩突出成绩，赢得了全世界的普遍关注和好感。前来迎接他俩的有总统、部长、博士们和成千上万名群众；还有鲜花、标语、鼓乐队……当威尔逊拎着康妮面带微笑，亲亲昵昵地走下舷梯的时候，在场的众人无不吃惊地张大了嘴巴。他们看见了，康妮的怀里，抱着一个小小的婴孩……上帝！他俩不仅尽情风流了，而且还居然弄出了个小生命……

鼓乐和欢呼的声浪响彻广场。一条令人激动的新闻，通过各种传播媒介，迅速传遍整个世界的每个角落——世界上第一位宇宙婴儿诞生了！

威尔逊与康妮风尘未洗，便双双踏入了婚姻事务所的大门，办理了结婚登记手续。

电脑选择的失准，使博士们明白了一条道理：世界并非所有的一切都可以用电脑来替代。威尔逊和康妮的行为虽说令他们多少有些尴尬，但宇宙婴儿的诞生实在出乎他们的意料之外，不能说这不是个意外收获。收获的喜悦程度远远要超出尴尬的难堪程度多少倍。他们纷纷向这对夫妻献上了真诚的祝贺。

然而，回地面不到三个月，威尔逊与康妮竟双双跑到法院，提出了离婚要求。

声名显赫的名人想离异，可非同小可。不仅给社会带来不良影响，而且还会损害在国际上的声望。总统对这一事极为关切，亲自授意给法院院长，一定要调解好这两位宇航员，挽留住他俩传奇的婚姻。

法院工作人员伤透了脑筋，用过各种调解没法，都未能奏效。后来，

一位律师还是利用电脑，想出唯一能使俩人重归于好的办法。

不久，威尔逊和康妮又被航天部派到宇宙空间轨道站上工作去了……

有人预测，他俩再回来时，可能还会生第二个孩子。

载于《北京晚报》

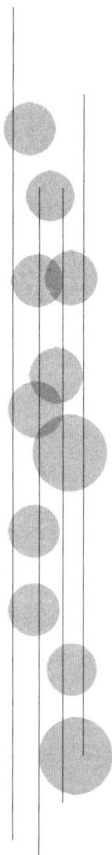

白婴，白婴

　　凯瑟琳·罗莎成功了，这位肌肤如雪，披着一头亚麻色秀发的姑娘终于闯进了好莱坞，成了红极一时的女影星。她是个活泼的可爱的女人，5 年前她离开了父母独自从偏远的小城来到纽约闯荡，那一年才 16 岁。

　　为了挣钱养活自己，罗莎当过印刷厂的拣字工人，替酒家送过包餐，当过时装模特、家庭教师，有时还去卖血……现在，那些从前在她面前趾高气扬的女演员们，不得不对她另眼相看了。因为她主演的每一部影片上座率都高得惊人，所有的男人都在狂热地注视着她的行踪……

　　罗莎住在一座高级的乳白色的别墅里，除了女仆、厨师之外，每天陪她的还有一只小卷毛狗。当然，有的时候她也会在深夜领情人回家过夜，由于出入十分谨慎，连那些惯于像幽灵一样尾随人后探听别人隐私的记者们，也没有探明那个幸运的男人是谁。

　　别墅的周围是十分漂亮的花园，盛开着鲜艳的郁金香、紫罗兰和红玫瑰。女儿墙旁种着石榴树，一只只白鸽绕着树飞来飞去。凯瑟琳·罗莎牵着小狗回到卧室，懒散地倒在床上。她解开裙子，用手轻轻地抚摸自己那凸起的肚子。她已经怀孕 6 个月了，她现在把所有的名望和金钱看得一文不值，唯有腹中这个小生命，使她常常感到欣慰。她爱孩子，她想自己生一个，然后用自己的奶水和精力把他养大，让孩子生得壮壮的，长大后也能跟西部牛仔们一起比赛骑烈马，斗公牛。

　　小狗伏在她怀里打盹，仿佛是情人在自己的怀抱中酣睡，她闭起眼睛想休息一下，可肚里的胎儿却不时地动，撩得她心神不宁。罗莎走到屋角打开电视机，电视机里正播放着纽约州两位州长竞选人的竞选演讲。一个是共和党的比昂迪，白人；另一个是独立党的耶尼，黑人。他俩针锋相对，互不相让。

咦，这个黑人耶尼怎么这样面熟？一定在哪儿见过。罗莎一般不轻易注意黑人，一旦注意了，印象就比较深刻。后来，她想起来了，那是半年前的一天晚上，她应邀参加一次重要的宴会，由于晚会地点远并且开到了半夜，组织者就给每位贵宾订了一间客房。罗莎在舞会上跳得浑身是汗，跳累了就回到了房里，脱个精光，洗起澡来。

这时，门被钥匙打开了，一个黑人男子走了进来，一眼看见有个年轻女人一丝不挂地在淋浴，他被惊呆了，只觉眼前亮起了一道刺眼的白光。他赶紧抱歉地说："对不起，小姐。"说完，马上关门退了出去。第二天，黑人找到了罗莎，再三向她表示歉意："凯瑟琳小姐，我请您原谅，因为服务员给我的就是您房间的钥匙，我没想什么就进去了……"

罗莎没有责备他，他告诉她，他叫耶尼，是州独立党领袖。没想到，罗莎没想到现在又在电视屏幕上见到了耶尼。他的演讲棒极了，对纽约州的未来、规划和发展，讲得细致入微，扣人心弦，并保证如果自己任职，便马上着手实施种种对民众有益的事情。人们对黑人耶尼普遍看好，各大新闻媒介纷纷预测，都认为耶尼会获胜。美国有色人种当选州长并不是件新鲜事，不信就去问马克·吐温。

又过了两周，距离最后投票时间只剩下一个星期了。共和党人比昂迪突然在电视的黄金时间里露面，宣布了一个令人震惊的消息，说他的竞争对手耶尼没有资格竞选州长，指责他是个玩弄女性的老手，还是个色情虐待狂……说完，还拿出一张照片来，正是耶尼与罗莎在浴室偶然相遇的那一刻的尴尬场面。他还说女影星罗莎已经怀孕，就是耶尼的孩子。电视镜头马上来了个大特写，好莱坞大明星凯瑟琳·罗莎赤裸着与耶尼在一起的画面清晰地映入了人们的眼里。第二天，各家大报纷纷在头版刊登这张照片与一些捕风捉影的报道，中心内容是女明星的肚子是被这位即将就任州长的黑人耶尼搞大的！很快，这桩事件就成了家喻户晓的丑闻，人们几乎整天议论这件事。

罗莎非常同情耶尼，她明白这一事实上是那些人预谋策划的卑鄙活动。她是个很有正义感的姑娘，她不能容忍这种强盗般的攻击、侮辱他人的行为。于是，她四处发表演说，告诉大家自己与耶尼是清白的，自己肚子里的婴儿的父亲不是耶尼。可人们哪里肯相信，结果，公民投票时，人们纷纷倒戈，把支持的票大部分投给了比昂迪，比昂迪顺利当选。

罗莎感到累极了，她哀叹天理何在。她去医院里坠了胎，把亡婴放在玻璃罩内。婴儿的身体洁白如玉，没有一点混血儿的痕迹。

罗莎勉强支撑着十分虚弱的身体，捧着白婴来到了纽约市大街上，周围顿时挤满了人，她的心灵在流血。她缓缓地走着，很多人跟随在她身后，很快，一支浩浩荡荡的游行大军形成了，在大街上蠕动。

人们簇拥着凯瑟琳·罗莎，她疲惫地垂着眼睛，紧紧地捧着罩在玻璃罩里的白婴，无声地向世界证明着什么。她的脸色苍白而憔悴，没有了血色，一头漂亮的亚麻色头发弯曲地披散肩头。每走一步她都强忍着剧疼，脸颊上已满是汗珠。但她仍然咬牙向前走着，人流的长龙向市府大厦伸延……

这时，市府大厦的鼓乐声、礼炮声震耳欲聋，比昂迪州长的就职典礼正隆重地举行……

载于《当代青年》

情　痴

　　路迪·贝格曼是一位颇有名望的桥梁工程师，他这一生到过许多国家，但他却没有兴趣尽情领略世界各地美丽、旖旎的自然风光，除非应邀参加一些官方举办的活动，业余时间他总喜欢把自己锁在房间里，从不邀请别人来他家作客。每到一个国家，同伴们最上心的就是找到一个本地的貌美性感的女郎来做寻欢作乐，但贝格曼却从不染指这种事。是否他已经失去了男人的雄风？可他才49岁，这个年龄的男人决不会示弱。伙伴们都说他这人怪，有一回威茨格给他带回来一位雅典姑娘，贝格曼连眼皮都没翻一下，就给了姑娘50马克，让她走人了。

　　贝格曼平常喜欢戴一顶黑色礼帽，手指被雪茄熏得蜡黄。他结过婚，没有孩子，妻子还没等到给他生孩子时就离开了他，25年前突发心脏瘁然身亡。

　　他所设计的高速公路和桥梁已经遍布世界各地，由于工程质量高，贝格曼的名气也越来越大，各国高薪聘请他去工作的聘书像雪片一样飘来，令他应接不暇。他每到一个地方，动身之前，除了收拾必携的行李和资料之外，总要雇人把他妻子的棺材从坟墓中掘出，运到他要去的那个地方，一切他都安排得十分周密，没有人知道他想做什么。

　　有一次，贝格曼去南非负责在杜拜港搞一项工程建设，到了杜拜，他就把亡妻的棺材摆放在自己的房间里。事先他总要把棺材用包装厚布伪装好，所以大家都没在意。

　　夜晚，他参加完政府的宴会，驱车而归。回到居所，便锁好房门，以防被房东费莉玛太太发觉。

　　"蒙妮丝，亲爱的，我回来啦。"贝格曼启开棺盖，伏在边上，对里面的亡妻喃喃低语，那一脸孩子式的虔诚，让人觉得这屋里除了他以外，

一定还有第二个活人。

"想我了吧，宝贝。我也想你呀，刚才多喝了几杯中国白酒，好像要飘起来了。你不想喝一杯吗？对了，你说过孕妇喝酒对胎儿不太好，那就别喝了……那些蠢家伙都搂着女人跳舞呢，我没去，我想快点回家跟你跳舞，这回可不许你穿高跟鞋了，那次咱俩跳舞时扭伤了脚脖子，多疼啊……想不想听我给你唱一支歌，是一首新学会的黑人歌曲，你听听我唱得好不好……"

于是，贝格曼闭着眼睛摇头晃脑地唱了起来。

第二天上午，费莉玛太太以为贝格曼上班走了，就来到他的房间收拾卫生，打开门却被眼前所看见的景象吓得目瞪口呆，随后哇哇地大叫着跑回自己的房里，拨响了报警电话。

很快，警察纷纷赶到，把贝格曼带到了警署，原告控他犯有停尸罪。但案审过程中，法官们都为之动容了，同情被告所为，一位坐在记录员位置上的金发姑娘竟被感动得泣不成声。

最后法官宣布他无罪释放了他，并令他必须将妻子下葬，直到他离开南非那天才可以移出。就这样，又过去了30年，贝格曼不论走到哪个国家，都要把妻子蒙妮丝的遗体运来运去，不断地下葬，不断地掘出，自己经常守在旁边呢喃，而他却从不厌其烦。

别人都笑他是个情痴："贝格曼先生，好姑娘多的是，你这是何苦呢？"

"可她是我的妻子，是世界上唯一值得我爱的女人。"贝格曼说。

"她是个死人，对你根本不起作用。"

"不，你错了。蒙妮丝没有死。"他非常认真地摊开两手，"是的，我的小麻雀没有死，我活着她怎么能死呢？她每天都在跟我聊天，还给我捶背，揉肩，搓额，还不停地吻我，说些甜蜜的话儿……直到我自己也走进坟墓之前，蒙妮丝都不会死，我的小麻雀不会死的。"

那人吓得直吐舌头，悄悄跟身边的人嘀咕："莫非这老头子疯了？"

贝格曼活到了88岁，临终前，他特别嘱咐亲友，一定要把他的遗体与他的小麻雀合葬在一起，以便他们俩能永远相伴相随、相爱相守。

安葬那天，许多恩爱的情侣从各地纷纷赶来了，连总理和夫人也赶

来了。还有人自称是他的孙子或孙女……

后来，每年的这一天，各地都有几十对年轻男女在这里举行结婚典礼……

载于《女友》

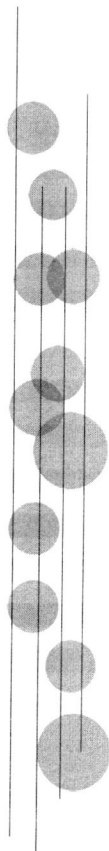

魔 窟

　　魔窟是一个阴森恐怖的洞穴，这洞位于映泉山的西北处，周围林木葱茏，虬松古藤，深沉肃穆。洞口不大，只能容一人往里钻。因为里面漆黑阴冷，怪岩横生，且附近时常出没猿猴、黄狐及蝙蝠、猫头鹰之类的动物，就更增添了这洞的灵气和神奇。

　　映泉山周围村子里的人们，都知道这里有个魔窟。为啥叫魔窟？因为所有进去的人没有一个回来的。几个胆大的小伙子进去探险没有生还；一个砍柴进去避雨的人没有生还，寻短见的人进去找死更不能生还……传说这洞里有一个吃人心肝的魔头，专门掏人的内脏，也有传闻说这是情魔洞，有情人进去便能在里面找到自己日思夜梦的心上人……可不论怎么说，这个洞都充满了恐怖的魅力，神志正常的人是不敢进去的。

　　王响是北庄里学问最深的人，书读多了，心也便痴了，好在家境还算富裕，用不着他为生计而奔波。15 岁时，父母给他订了一门亲事，闺女是邻村陈用家的小女，叫小丑，小丑名丑人却生得白嫩俊秀，而且性情温柔贤惠，是远近闻名的"仙女"。

　　王响 18 岁那年，两家的父母给他们小夫妻完了婚事，小山村的婚礼虽比不上城里的气派，倒也热闹。

　　小夫妻合婚后，甜甜蜜蜜，形影不离。

　　一天，王响偶然发现媳妇腹处有一块指甲大小的红斑，甚觉好奇，用手抚摸却被小丑推开。小丑说，这是绝命斑，碰不得。王响怎肯，执意要摸，并且揉搓玩味，十分开心。不出几日，这块红斑越摸越大，竟还鼓了起来。王响大骇，急请近庄中医求治，中医见了直摇头变脸，无能为力。他又请来远外巫医，巫医伸手摸了摸，便拉他到静处，贴耳相告："你媳妇生下来时，就被神仙点了红斑，命运已不能自主，她若走就让她走吧，不要过于眷恋和悲伤。"

王响听了，心急如焚，又苦无办法，只好眼睁睁地望着爱妻脸色日渐憔悴，腹部日渐增大，与孕妇一般。不出一个月，小丑便卒。王响哭得死去活来，从此，犯了痴病，终日恍恍惚惚，又笑又哭，嘴里常常嘀咕："小丑，是我害了你。"

一年多时间，活活将王响这个年轻的后生折磨成一具只会说话的僵尸。他思念着小丑，绝不相信她会死去，便天天往山上小丑的坟头上跑，有时还深夜不归。

王响的父母可怜儿子，便把他锁在屋中，不许他四处野走。王响推不开门，便又越窗而走。跑到山上小丑的坟前，痴痴地躺在坟头，与小丑拉话。

朦胧中，果真盼来了小丑，依旧如初嫁时灵秀，腹处的异物也没有了。王响跃起，将爱妻紧紧搂住，轻易不肯放开。小丑柔柔地说："人间百态，妾已经厌恶多时了，夫君不如随我去魔窟境，去过那世外桃源的生活。"

王响对人间早无眷意，整日思念着小丑，他怎会不去？于是，两人携手相依，一同走进了魔窟。不知走过了多少个日夜，忽一日，里面豁然开朗，来到一个莺啼燕舞、瓜果遍地的仙境。这也许就是所说的天堂吧！王响看见了很多从前进洞未归的熟人，他们都在这里安居乐业了，他的心踏实多了，与小丑甜甜蜜蜜地走进了自己的家园……

北庄王响的父母和亲友四处寻找痴子，有人说，看见王响抱着一件女人的衣服，钻进了魔窟。老夫妻俩哭号不停，哭自己苦命，哭儿子命薄。不久，他们就在小丑的坟旁建了一座新坟，把王响的很多衣物都埋进了坟里面。

从此，北庄的人们再也看不到王响那痴痴的身影了，那魔窟更是无人再敢进入。每年的清明，人们便能看得到王响和小丑的坟上最早地生出一簇簇绿茸茸的小草……

载于《微型小说报》

未了的情债

　　袁雪是个性格内向的女人，两只黑潭般的眸子透露出一种说不出的忧郁。单位里的人都不明白，因为她拥有的一切是那样令人羡慕：漂亮的女儿、能干的丈夫、温馨的家庭、耀眼的职称……这些都是在女人们眼里最简单的幸福，她才 33 岁，还有什么不满足的呢？

　　她结婚 10 年了，泪默默流了 10 年，那一笔未了的感情债也折磨了她 10 年。

　　她大学毕业那年才 22 岁，初恋的对象是同班的男生李农。毕业的时候，摆在李农面前的路有两条，一条是跟心上人双双飞走，另一条是暂时分开继续攻读研究生。为了他的前途，袁雪劝他选择了后者，李农经过再三考虑，同意留在大学里继续深造。

　　袁雪被分配到外地的一家研究所里工作，她的美丽迷住了单位里所有的男人。大梁是学管理专业的，二年前从大学分配来所，已经当上了政工科长。他悄悄地爱上了这个女孩，尽管袁雪曾明确地告诉过他自己已经有了男朋友，但他依然穷追不舍，大有非袁雪不娶的架势。那时，袁雪年纪小，心特别软，最后终于被大梁的热情和真诚摧毁了最后一道防线。

　　大梁担心夜长会梦多，就极力劝说袁雪尽早结婚。当袁雪把这件事写信告诉李农的时候，李农手捧书信，心都碎裂了。他星夜兼程，乘火车风风火火地从远方赶来，见到袁雪，他哭得好伤心，口口声声埋怨自己没有照顾好她，不该读研究生让她自己来这里……袁雪也哭湿了好几条手绢，她劝他不要这样，天涯何处无芳草呢？他俩在很凄然的黄昏里分手，她感到自己欠下了李农一笔好重好沉的情债！

　　一天下午，袁雪在办公室里突然接到一个男人打来的电话。

"是农么？我听出你的声音了。"她的心急跳起来。

袁雪放下电话，匆匆地赶到火车站。见到李农的时候，她几乎认不出他了，他比从前老了许多。

"你没变，还是那么年轻，漂亮。"他说。

她苦笑："女儿都8岁了，时间过得太快了。"

"你身体好像不太好，生活怎么样？他待你好吗？"他关心地问。

"很好。"她也问，"你呢？这么多年你在哪里？连封信也不给我写。"

"我改行了，下海了，现在一家公司当经理。"

她从他身穿的高级西服，脚蹬的鹿皮鞋也能看得出。沿着小街慢慢地走着，俩人不时地仔细看一眼对方。

"我这次是来开产品订货会的，下了火车，我心里就燃烧着一个扑不灭的渴望，渴望马上就能见到你。"

她的眼圈儿又红了。

"这些年你活得怎么样？爱人在哪儿工作？"她又往这上面问了。

"别提了，活得马马虎虎也是幸福的事。我家那位是舞蹈演员，你知道，干那一行的跟咱们是两个层面，现在对于我来说，婚姻无非是一条绳子把两个毫不相干的人捆到了一起，互不关心也好，同床异梦也好，反正都是一样。"

"怎么，她对你不好？"她小心翼翼地问。

"不怨她，因为我这个人待人不热情，她从我这里得不到温暖，就自然要到别人怀里去寻找爱抚了。"他无所谓地说。

天黑下来了，袁雪说："请你到我家去做客吧。"

"不了，我可不想做一个不速之客。"

"那我俩总不能老在街上划弧呵！这样吧，到我单位去，离这不太远。"她提议。

袁雪悄悄地把李农领进了自己的办公室。她自己一间办公室，很宽敞："农，你先等一下，我马上就回来。"

不一会儿，袁雪回来了。拎回来几瓶啤酒，一只香鸡和四盒罐头。

"真是不好意思，到我这里太寒酸了。好在你们当经理的走南闯北，亏不着肚子，就权当这是满桌子好酒好菜吧。"她风趣地跟他开玩笑。

"你能这么想就太正确了，只要能与你坐一坐，吃什么都当大餐了。"

袁雪从来不沾一口酒，今晚却陪着旧日的恋人喝了许多，她尝到了醉过方知酒浓，爱过才知情重的滋味。

喝光了酒，袁雪的脸红红的，更显得妩媚动人，他俩在一起回忆过去，谈论现在。一会儿哭，一会儿又笑。

李农的手抚摸着她的面颊，把她紧紧地拉到怀里，倒在长条沙发上。她没有拒绝，没有挣扎……

不知过了多久，两个人从浪漫的梦中苏醒。他用目光拥抱着她："我对不起你爱人。"

她感到浑身轻松，心里多年来积淤的沉重感也消失了，不禁感叹地说："我终于还清欠你的债啦。"

回到家，已经是半夜了。袁雪打开电灯，见丈夫搂着女儿早已熟睡了。桌子上有张字条，她拿起来看，上面写着："小雪，饿了吧！饭菜都在锅里热着，你自己去吃吧。"

袁雪的心里热乎乎的，她没有吃饭，望着熟睡的丈夫，她心里百味杂陈。今晚的事怎么对得起他呢？告诉他吧，太残酷了；瞒着他吧，良心又如何安宁？虽然还清了昔日恋人的旧情债，却又欠下了丈夫的一笔新情债呵！她的眼泪滴落到丈夫的脸颊上。

大梁醒了，他坐起来见妻子在流泪，就披上衣服问她："雪，有人欺负你啦？"

她摇摇头："李农来了，我俩晚上在一起。"

"为什么不请到咱家里来，这多不礼貌。"大梁说。

"大梁，我对不起你，今晚……"袁雪泪涟涟地望着丈夫。

他捂住了妻子的嘴："别说了，好吗？我相信你，你们什么都没发生过。"

袁雪终于忍不住哇地一声扑在丈夫身上哭了个痛快，大梁搂着妻子默默无语。小女儿被哭醒了。懵懵懂懂之中，瞧见爸和妈都在哭，也跟着大哭起来，一家人流着泪搂在一起。

"你为什么待我这样好？叫我今生今世如何报答你呵？"她把脸儿紧偎在爱人的胸前。

"我们是夫妻呀。夫妻间最重要的就是信任的，对么？"他抚摸着妻子的头发。

"相信我吧，永远不会再有第二次了。"

"我相信你会处理好的。"

"大梁，我真高兴，我没有嫁错人。"

天亮的时候，她终于明白了，原来感情的债是永远也偿还不清的呀！

载于《现代女报》，《微型小说选刊》转载